ALEXANDER MEINING

Der alte Mann vom Main

DAS LETZTE AUFGEBOT Würzburg 1945: Der ehemalige Staatsanwalt Walter Gänslein ist des Lebens überdrüssig. Mittlerweile 75 Jahre alt, fühlt er sich einsam in der Stadt, die schon viel zu lange von den Nazis regiert wird. Am Abend des 16. März wird er unerwartet Zeuge des Bombenangriffs der Alliierten. Binnen 20 Minuten wird fast die gesamte Altstadt zerstört. Gänslein eilt zurück in ein loderndes Inferno. Auf der Suche nach Nahrung begegnet er Henriette Kerstan. Die beiden lernen sich kennen und finden Gefallen aneinander. Doch als Gänslein am nächsten Morgen mit Henriette Würzburg verlassen möchte, wird er für den Volkssturm zwangsrekrutiert. Er soll die Ruinen der Stadt gegen die vorrückende US-Army verteidigen. Gemeinsam mit Kindern und Jugendlichen wird er in eine sinnlose Schlacht geschickt. Der Befehl kommt vom Führer persönlich: Würzburg muss gehalten werden! Als die Amerikaner eintreffen, gerät Gänslein in Kriegsgefangenschaft und begegnet dort der Person, auf die er seit Jahrzehnten gewartet hat.

Alexander Meining lebt und schreibt in Würzburg. Durch die in der Residenzstadt während des späten 19. Jahrhunderts spielenden Georg-Hiebler-Romane wurde er bekannt. Mit »Der alte Mann vom Main« bleibt der Standort gleich, nur ist die Kulisse eine andere. Inmitten von Ruinen tobt eine blutige Schlacht, hervorgerufen durch ein fanatisches Regime, das die letzten Kräfte mobilisiert. In diesem Kontext historisch belegter Tatsachen erzählt der Autor eine fiktive Geschichte von Tod und Trauer, Zuneigung und Zuversicht.

ALEXANDER MEINING

Der alte Mann vom Main

ROMAN

GMEINER

Immer informiert

Spannung pur – mit unserem Newsletter informieren wir Sie regelmäßig über Wissenswertes aus unserer Bücherwelt.

Gefällt mir!

Facebook: @Gmeiner.Verlag
Instagram: @gmeinerverlag

Besuchen Sie uns im Internet:
www.gmeiner-verlag.de

© 2025 – Gmeiner-Verlag GmbH
Im Ehnried 5, 88605 Meßkirch
Telefon 0 75 75 / 20 95 - 0
info@gmeiner-verlag.de
Alle Rechte vorbehalten
1. Auflage 2025

Lektorat: Claudia Senghaas, Kirchardt
Satz: Mirjam Hecht
Umschlaggestaltung: U.O.R.G. Lutz Eberle, Stuttgart
unter Verwendung eines Fotos von: © Sammlung Willi Dürrnagel
Druck: GGP Media GmbH, Pößneck
Printed in Germany
ISBN 978-3-8392-0759-8

PERSONENREGISTER
HISTORISCHER PERSONEN

Doktor Otto Hellmuth, Gauleiter des Gaus Mainfranken

Theo Memmel, Oberbürgermeister der Stadt Würzburg

Richard Wolf, Oberst der Wehrmacht und Kampfkommandant der Stadt Würzburg

Harry Collins, Major General der US-Army, Oberbefehlshaber 42nd *Rainbow* Division

Norman Caum, Colonel der US-Army, Kommandant des 242. Regiments der *Rainbow-Division*

1

Die Last des toten Tiers in Gänsleins Rucksack wog schwer. Schwerer, als er es vermutet hatte, bestand doch Dackel Ricco zuletzt nur mehr aus Haut und Knochen. Hinzu kam das Gewicht des Klappspatens und der Flasche *Silvaner*, die er neben der Hundeleiche dort verstaut hatte.

Bevor er die Stufen des Kreuzwegs hoch zum Käppele stieg, musste Gänslein stehen bleiben, um durchzuatmen. Er spürte jetzt das Alter, war er doch mittlerweile 75 Jahre. Knie und Hüfte schmerzten bei Belastung, und sein Herz schlug auch nicht mehr so, wie er es von früher kannte. Statt einem gleichmäßigen Rhythmus – je nach Anstrengung manchmal schneller, manchmal langsamer – bemerkte er seit einigen Monaten Aussetzer, gefolgt von Salven seines Herzschlags. Immer dann wurde es ihm kurzzeitig schwindelig und er musste sich hinsetzen. Dieses Mal war es die Anstrengung, den Hang des tief eingeschnittenen Maintals hochzuwandern. Er hatte Probleme, seine Lungen mit ausreichend Luft zu füllen. »Wird Zeit, dass ich sterbe«, murmelte er keuchend vor sich hin und stieg langsam weiter nach oben.

Es war mittlerweile kurz vor 19 Uhr, als er mit dem Käppele, der von Balthasar Neumann erbauten Barockkirche, das Ende des Kreuzwegs erreicht hatte. Noch war es hell, aber in wenigen Minuten würde es finstere Nacht sein. Gänslein blieb stehen, atmete ein paarmal tief durch und warf einen Blick auf die Stadt. Es war ein sonniger Märztag gewesen, die Sicht war gut. Von hier aus überblickte er die gesamte Innenstadt, vom Würzburger Stein und dem danebenliegenden Stadtteil Grombühl im Norden bis zum Stadtteil Sanderau im Süden. Direkt am Main, zwischen Alter Mainbrücke und Löwenbrücke, sah er das Haus, in dem er wohnte. Jetzt musste er kurz lächeln. Er mochte seine Wohnung im dritten Stock. Von dort hatte er einen wunderbaren Blick über den Main und war in nur wenigen Minuten am Marktplatz. »Schön ist sie schon, die Stadt«, redete er mit sich selbst. »Und keine Minute habe ich es bereut, hier heimisch geworden zu sein.«

Dann ging er links an der Kirche vorbei, überquerte eine Straße und lief in ein kleines Wäldchen oberhalb des Käppele. Nach nur wenigen Schritten fand er die Stelle, welche er gesucht hatte. Gänslein stellte die schwere Last auf den weichen Waldboden und atmete tief durch. »So, Ricco, jetzt wird es ernst«, sagte er und öffnete den Rucksack. »Willkommen auf meinem kleinen und illegalen Hundefriedhof.«

Gerade als er den Spaten aufklappte und im nun letzten Licht des Tages begann, ein Loch zu graben, hörte er von der Stadt die Sirenen heulen. »Luftalarm«, murmelte er. »Wieder mal. Was soll denn noch zerbombt werden? Der Hauptbahnhof ist seit drei Wochen zerstört, und ansonsten gibt es eigentlich nichts, was sich in Würzburg als Ziel eignet. Nur Krankenhäuser und Kirchen – fast keine Industrie. Jeder andere Ort lohnt sich mehr, in Schutt und Asche gelegt zu werden.«

Nach kurzer Zeit war das Heulen wieder beendet. »Wahrscheinlich nur ein Fehlalarm«, sagte er und begann zu graben.

Nachdem ihm das Loch im Waldboden ausreichend groß erschien, legte er den toten Körper des Dackels hinein und schaufelte das Hundegrab zu. Er klappte den Spaten zusammen, verstaute ihn wieder und schulterte den nun deutlich leichteren Rucksack. Dann nahm er den Hut ab, stellte sich vor Riccos Grab und begann zu reden: »Von meinen drei Hunden, die hier begraben sind, warst du der dümmste, Ricco. Links von dir«, er warf einen kurzen Blick auf eine zwei Meter entfernte Stelle im Waldboden, »liegt Luna, mein erster und sicher auch klügster Hund. Luna war einzigartig, eine bessere Begleiterin konnte man sich nicht wünschen. Für sie habe ich diesen Platz hier ausgesucht – still, im Grünen, mit Blick über die Stadt und nahe einer Kirche. Dann kam der Krieg, und 1919 besorgte ich mir Rudi. Der Labrador liegt zwischen dir und Luna. Als er 1933 starb, war mir klar, dass rasch ein neuer Hund hermusste – nicht ganz so agil wie ein Labrador, schließlich war ich ja auch nicht mehr der Jüngste, sondern eher ein gemütlicher Gefährte. Ich wollte einen Hund, der mich auf Trab hält, aber nicht belastet. Und das warst dann du, Ricco, ein Deutscher Rauhaardackel, geboren 1933. Ein seltsamer Hund bist du gewesen. Du hast immer laut gekläfft, warst schwer zu erziehen und hattest keinerlei Respekt vor anderen deiner Art. Wie der Führer selbst bist du durch Würzburgs Straßen marschiert – ein Dackel mit kurzen Stummelbeinchen, jedoch aufrecht erhobenem Kopf und stolzem Blick. Wäre es dir möglich gewesen, hättest du beim Spazierengehen ständig deine rechte Vorderpfote zum Deutschen Gruß ausgestreckt. So hast du lieber die Hinterpfote gehoben und überall dort hingepinkelt, wo du es besser hättest bleiben lassen. Na ja, wenigstens hast du mir zu ausreichender Bewegung verholfen. Dass ich heute noch lebe, verdanke ich wohl dir.«

Gänslein musste nun über sich selbst schmunzeln. Er strich sich seinen grauen Haarschopf glatt und setzte den Hut wieder auf. »Vor zwei Jahren, mit dem Ende der Schlacht um Stalingrad, bist du dann krank geworden. Und seit letztem Sommer, mit der Landung der Alliierten in der Normandie, ging gar nichts mehr mit dir. Ich musste dich oft tragen, damit du deine Geschäfte erledigen konntest, so schlecht war es um dich bestellt. Aber so ein Hundeleben dauert eben nicht viel länger als zwölf Jahre. Dass du heute Morgen tot in deinem Körbchen lagst, war absehbar und vielleicht auch eine Erlösung. Tja, Ricco, nichts hat auf immer und ewig Bestand – weder du noch ich noch unser sogenanntes Tausendjähriges Reich.«

Als er den Satz beendet hatte, machte Gänslein eine angedeutete Verbeugung vor dem Grab. Er sah sich um, ob ihn jemand beobachtet hatte. Niemand war in seiner Umgebung. Er war allein. Dann ging er wieder zurück zum Käppele.

Dort angekommen, stellte er seinen Rucksack auf der Mauer ab, welche den Platz um die Kirche begrenzte, und sah ein weiteres Mal auf die Stadt.

Inzwischen war es stockfinster.

Plötzlich begannen erneut die Sirenen zu heulen – dieses Mal länger. Gleichzeitig erloschen die Lichter in den Straßen. »Scheint doch was Ernstes zu sein«, sagte Gänslein und sah auf seine Armbanduhr. Es war 20 Uhr. Kurz überlegte er, rasch den Weg zurück in die Stadt zu nehmen, in seiner Wohnung das Notwendigste zusammenzupacken und einen Luftschutzraum aufzusuchen. Dann beschloss er zu bleiben. Ob er im Bombenhagel sterben würde oder nicht, war ihm nun egal.

Er setzte sich auf die Mauer, ließ die Füße herunterbaumeln und blickte in die Tiefe. Die Mauer führte etwa 15 Meter senkrecht nach unten, gefolgt von einem mit Sträuchern bewachsenen steilen Abhang.

»Wenn ich jetzt hier runterspringe, bin ich tot«, murmelte er. »Wäre nicht das Schlechteste. Was soll ich noch hier? Ich habe niemanden, um den ich mich kümmern muss, und niemand kümmert sich um mich. Nicht mal mehr Gesprächspartner hat man. Alle, die man kannte, Freunde und Kollegen, sind mittlerweile tot. Ein tattriger Greis bin ich geworden. Einer, der mit sich selbst spricht, da ihm sonst keiner zuhört. Ich bin eine Altlast, ein Relikt aus einer vergangenen Zeit, ohne Frau, Kinder, Enkel, Urenkel – nutzlos und einsam.«

Er seufzte, beugte sich weiter nach vorne und starrte in die finstere Tiefe.

Dann lehnte er sich wieder zurück und öffnete

den Rucksack. »Aber zuerst wird die Flasche zu Riccos Ehren geleert. Ich schleppe das Ding doch nicht umsonst hier hoch.«

Er holte aus der Jackentasche einen Korkenzieher, entkorkte die Flasche mit einem lauten »Plopp« und trank einen Schluck. Genießerisch spitzte er die Lippen. »Auch daran habe ich mich gewöhnt während meiner Zeit in Würzburg: Wein zu genießen anstatt, wie es in meiner oberbayerischen Heimat üblich ist, Bier in sich hineinzukippen.«

Während Gänslein langsam die Flasche leerte, dachte er nach.

Er erinnerte sich an die Zeit, als er das erste Mal in Würzburg gewesen war. Nach dem Studium in München trat er eine Stelle in der Staatsanwaltschaft der Residenzstadt an. Er, der in Kolbermoor bei Rosenheim geborene Oberbayer, musste sich an vieles gewöhnen: den fremden Dialekt, die unterfränkische Mentalität und dass es hier Wein statt Bier zu trinken gab. Dennoch war er froh, dass es ihn hierher verschlagen hatte. Das Voralpenland und die Gegend um Rosenheim waren ihm zu bäuerlich, München zu aufgeblasen. Die Hauptstadt der Bewegung, wie sie nun hieß, hatte ihn nie gereizt. Für Gänslein waren die Münchner entweder arrogant oder einfältig oder im schlimmsten Fall beides. Er war sich sicher, dass er dort nicht bleiben wollte. Und so kam er nach Würzburg. Die Stadt am Main war zwar nie das Ziel seiner Wünsche gewesen, dennoch nahm er 1895, vor 50 Jahren, das Stellenangebot gerne an. Wenn es dort nichts werden würde, hatte er sich damals gedacht, hätte er immer noch in eine andere Stadt wechseln können. Beamte mit abgeschlossenem Studium waren damals sehr gefragt gewesen. Aber er blieb in Würzburg. Die Stadt gefiel ihm, und die Arbeit machte ihm Spaß.

Er hatte Verbrechen aufgeklärt und Recht und Ordnung walten lassen. Bis zu seiner Pensionierung war er eine angesehene Persönlichkeit gewesen. Und dann?

Dann übernahmen die Nationalsozialisten Schritt für Schritt die Kontrolle. Mit ihnen wurde alles anders. Eine Bande von Verbrechern hatte nach der Macht gegriffen – obskure Gestalten, die weder Bildung noch Anstand hatten. Gänslein verachtete die Nazis. Er hasste ihr Auftreten, ihre Sprache, ihre Taten. Aber er hatte sich seinem Schicksal gefügt. Bei der Machtübernahme 1933 war er bereits 63 Jahre. Zu alt, um noch Widerstand zu leisten. Und dann sah er, was mit denen passierte, die sich auflehnten oder nicht dem Rassen-Ideal dieser Mörderbande entsprachen. Gänslein hatte viele Juden als Nachbarn. Ehemalige Kollegen der Staatsanwaltschaft waren jüdischen Glaubens. Und dann? Von einem Tag auf den anderen waren sie verschwunden und tauchten nie wieder auf. Manchmal wurden sie vor den Augen der gesamten Stadt durch die Straßen zum Bahnhof getrieben, um von dort abtransportiert zu werden. Nach dem Gehetze in der Zeitung und den Gesprächen, die man in der Stadt mitbekam, war ihm klar, was mit den Juden passierte: Sie wurden enteignet, weggesperrt und misshandelt. Aber Gänslein hielt sich zurück. Er begehrte nicht auf. Sein gesamtes berufliches Leben wollte er Gerechtigkeit walten lassen. Jetzt schien es ihm egal zu sein, wenn Unrecht herrschte. So kurz vor der Pensionierung fügte er sich. Die paar Monate wollte er aussitzen. Warum das Altersruhegeld riskieren, für das man als Beamter ein Leben lang gearbeitet hatte?

Manchmal schämte er sich dafür.

Aber es gab da noch etwas anderes, was ihn zum passiven Mitläufer machte. Als der Krieg begann, trat die kollektive Idiotie ein. Das ganze Volk, darunter viele von denen, die anfangs keine Nationalsozialisten waren, fiel in einen Rausch. Das, was im Ersten Weltkrieg nicht erreicht wurde, trat ein. Sowohl im Westen als auch im Osten war die deutsche Armee siegreich. Das Reich wuchs und wuchs. Alle, vom Kind bis zum Greis – Gänslein selbst mit eingeschlossen – saßen abends vor dem Volksempfänger und feierten die Nachrichten erneuter Territorialgewinne wie Siege beim Fußball. Dass dies alles mit unendlich viel Leid, Tod und Schmerzen verbunden war, interessierte nicht. Warum auch? Schließlich ging es um das große Ganze: die deutsche Herrschaft. Deutschland war wieder jemand in der Welt, und jeder Deutsche – auch Gänslein – war ein Teil davon.

In einer Sache jedoch unterschied sich Gänslein von dem großen Rest der gierigen Masse. Er wusste, dass jede Nation in jedem Krieg irgendwann ihre Niederlage würde eingestehen müssen. Und diesen Zeitpunkt hatte Hitlerdeutschland seiner Meinung nach verpasst. An allen Ecken des einstmals ganz Europa umfassenden Reichs wurden Verluste erlitten. Das Debakel war unumgänglich und trotz aller Durchhalteparolen für jedermann erkennbar. Für Gänslein war der Krieg schon längst verloren.

»Bald wird das ganze Nazipack entweder ermordet oder verhaftet sein. Tausendjähriges Reich – dass ich nicht lache!«, giftete er und trank einen weiteren Schluck aus der Flasche. Langsam spürte er die Wirkung des Alkohols.

Er starrte in die dunkle Nacht.

»Der Krieg wird bald vorbei sein, und die Menschheit wird sich noch lange an eine Verbrecherbande unter der Führung eines gewissen Adolf Hitler erinnern«, murmelte er. »Und was wird sonst bleiben? Was wird vor allem von *mir* bleiben? Nicht viel, Unterschriften auf alten, verstaubten Akten der Staatsanwaltschaft, die irgendwann auf dem Müll landen werden. Ansonsten? Nichts! Kein Mensch wird sich daran erinnern, dass ich früher Verbrechen verhinderte und Täter ihrer gerechten Strafe zuführte. Warum auch? In Anbetracht der millionenfachen Morde, die wir die letzten Jahre erleben mussten, wäre das sinnlos. Ein Tropfen auf dem heißen Stein. Wen sollte es da interessieren, wer oder was Walter Gänslein war?«

Er wischte sich jetzt ein paar Tränen aus den Augen.

»Ich sollte besser runterspringen. Bei meinen alten Knochen und dem schwachen Herzen wird der Tod schnell und schmerzlos kommen.«

Er leerte die Flasche, rutschte mit dem Gesäß näher zur Kante und blickte in die Tiefe.

Dann überschlugen sich die Ereignisse.

2

Wenige Minuten nach 21 Uhr gab es Vollalarm.

In der Ferne hörte Gänslein ein Dröhnen, welches immer lauter wurde. Propellermaschinen näherten sich vom Nordwesten her rasch der Stadt. Es mussten Hunderte sein, wie ein gigantischer Schwarm von Riesenheuschrecken. Er lehnte sich zurück und starrte in den Himmel – wartend, was da auf ihn zukam.

Nur wenige Minuten später, um 21.25 Uhr, begann der Angriff.

Walter Gänslein, geboren 1870 in Kolbermoor, wurde Zeuge, wie an diesem Freitagabend innerhalb von 20 Minuten Würzburg – die Stadt, in der er seit einem halben Jahrhundert wohnte – nahezu komplett zerstört wurde. Seinen ursprünglichen Plan, sich vom Käppele den Abhang hinabzustürzen, hatte er verworfen. Seine volle Aufmerksamkeit galt nun dem Geschehen, das ihn jetzt erwartete.

Zunächst fielen an kleinen Fallschirmchen befestigte grüne Leuchtbomben vom Himmel, die sich langsam, ganz langsam dem Boden näherten. Unmittelbar danach trafen rote Leuchtbomben die Sportplätze nahe des Mains an der Mergentheimer Straße – nicht weit weg von Gänsleins Beobachtungspunkt. Der alte Mann wusste mittlerweile, was die roten Lichter bedeuteten.

Es waren keine Fehleinschläge zu früh abgeworfener Bomben, nein, sie sollten den Bomberpiloten signalisieren, mit ihren Flugzeugen ab hier fächerförmig aus dem Verband auszuscheren und die eigentliche Bombenlast abzuwerfen.

Dies geschah nun.

Gleichmäßig über die gesamte Altstadt verteilt, wurden tonnenweise Sprengbomben abgeworfen. Der Lärm war ohrenbetäubend. Die Erde vibrierte. Ganze Häuserreihen explodierten. Dächer wurden abgedeckt.

Dann folgten weitere Flugzeuge. Diese hatten eine andere Ladung an Bord. Nach den Sprengbomben kamen jetzt Brandbomben. Hunderttausende kleine Stabbrandbomben fielen vom Himmel herab. Die abgedeckten Häuser in den engen Straßen der Altstadt, oft noch aus Holz gebaut, waren der ideale Nährboden für die rasche und fatale Ausbreitung des Feuers, welches nun folgte.

Mit offenem Mund gaffte Gänslein auf den Feuersturm. Der ganze Himmel glühte, am leuchtenden Horizont sah er die letzten Flugzeuge weiterziehen, nachdem sie sich ihrer tödlichen Last entledigt hatten. Der Auftrag der Fliegerstaffel schien erledigt zu sein. Die todbringende Fracht war abgeworfen.

Obwohl er selbst etwa 1.000 Meter Luftlinie vom Feuer entfernt war, spürte Gänslein die Hitze des weiter anwachsenden Brandes bis zum Käppele hochziehen. Die Innenstadt, vom Main bis zum Ringpark, stand nun vollständig in Flammen. Wie Fackeln aus einem gigantischen Scheiterhaufen ragten die brennenden Türme der vielen Würzburger Kirchen heraus.

War es zuvor der Lärm der Explosionen, hörte er jetzt das Knistern des Feuers, das sich gierig durch die Straßen fraß. Zu dem Prasseln gesellten sich die heulenden Sirenen der Feuerwehrfahrzeuge. Ein hoffnungsloses Unterfangen, dachte sich Gänslein, als er am Mainkai einen Feuerwehrzug sah. Es waren ja nicht ein oder zwei Häuser, die da in Flammen standen. Die gesamte Stadt brannte! Wie sollte man ein Feuer dieses Ausmaßes löschen können? Zudem waren die Straßen der Innenstadt durch die Krater der zuvor abgeworfenen Bomben größtenteils nicht befahrbar.

In diesem Moment erinnerte er sich an seinen Religionsunterricht vor langer Zeit, als er ein Kind gewesen war. Der Pfarrer hatte ihnen den Unterschied zwischen Himmel und Hölle erklärt. Gänslein hatte damals eine sehr konkrete Ahnung gehabt, wie die Hölle auszusehen hatte. Das, was er an diesem Abend sah und hörte, entsprach exakt dem Bild seiner damaligen Vorstellung: Feuer, Ruinen, der Gestank von Rauch und die Schreie hilfloser Menschen.

Jetzt erblickte er das Haus am Main, in dem seine Wohnung war. Wie alle anderen Gebäude brannte es lichterloh. Er stellte sich gerade vor, wie seine Möbel, Bilder, Dokumente, Wertsachen und Kleidungsstücke – Dinge, die er jahrzehntelang gepflegt hatte, darunter viele Erinnerungsstücke – Opfer der Flammen wurden. Dann sah er, wie das Haus in sich zusammenfiel.

»Warum?«, flüsterte er fassungslos. »Warum nur? Der Krieg war doch schon vorbei.«

Er atmete ein paarmal tief durch und wischte sich den

Schweiß von der Stirn. Dann hatte er genug von dem infernalen Schauspiel. Gänslein drehte sich um und stieg von der Mauer, auf der er nun weit mehr als eine Stunde gesessen hatte. Er ging ein paar Schritte auf dem Vorplatz zur Kirche, als es ihm schwarz vor Augen wurde und er wie ein Sack Kartoffeln auf den Boden fiel.

Als er wieder zu sich kam, sah er hoch zum Himmel. Das Leuchten schien ihm etwas geringer als zuvor zu sein. Er setzte sich auf und blickte sich um. Auf der Mauer sah er neben einer leeren Weinflasche seinen Rucksack. Mühsam erhob er sich und ging zu dem Mauervorsprung zurück. Auf halber Wegstrecke sackten ihm erneut die Beine weg.

Dieses Mal blieb er bei Bewusstsein. Er hockte sich im Schneidersitz auf den Boden, vergrub sein Gesicht in den Händen und begann bitterlich zu weinen. Hemmungslos schluchzte er vor sich hin. Der Fluss der Tränen ließ sich nicht aufhalten.

Etwa fünf Minuten später ging es ihm etwas besser. Er stand auf und holte sich den Rucksack. Den Blick auf die weiterhin brennende Stadt vermied er jetzt. Den Gestank des Rauchs, der von unten zu ihm hochzog, konnte er jedoch nicht ausblenden. Ihm wurde übel. Schwallartig musste er sich übergeben. Dann hustete er ein paarmal, rieb sich die Augen, schulterte den Rucksack und ging langsam auf wackeligen Beinen vom Käppele über den Kreuzweg hinunter zurück in Richtung Stadt.

Als er über die Nikolausstraße an der Mergentheimer Straße, unten am Main, angekommen war, waren die Häuser hier – es waren vorwiegend Villen von Studentenverbindungen – bis auf kleinere Schäden intakt. Ab der Burkarder Kirche begann jedoch die Zerstörung. Gänslein tapste langsam die Straße weiter zur Alten Mainbrücke. Hier standen alle Häuser in Flammen. Die Hitze war unerträglich, beißender Rauch bohrte sich in Gänsleins Lunge.

Er ging weiter zur Brücke. Am Fluss war die Luft etwas besser. Obwohl auf beiden Seiten des Mains jedes Haus zerstört erschien, war zu Gänsleins Verwunderung die Alte Mainbrücke intakt.

Auf der Brücke hatte sich eine Gruppe von etwa 30 Personen gesammelt, unschlüssig, wohin sie gehen sollte. Die lodernden Flammen beidseits des Flusses leuchteten weiterhin hell. Gänslein sah rußgeschwärzte Gesichter von Frauen, Kindern und alten Männern, wie er selbst einer war.

Er setzte sich auf eine Bank in eine der Ausbuchtungen der Brücke. Über ihm thronte die Statue des Heiligen Kilian. Gänslein hustete heftig und konnte nur schwer atmen. Zudem hatte er nun schrecklichen Durst. Krampfhaft versuchte er, Speichel zu sammeln, um die Kehle feucht zu halten und den Hustenreiz zu stillen. Als sich der Husten etwas besserte, blickte er hoch. Direkt vor ihm stand eine etwa 40-jährige Frau mit einem Jungen an ihrer Seite. Beide waren blond, ihre blauen Augen leuchteten in dem Licht der Flammen, die weiterhin links und rechts am Ufer loderten. Der Junge war etwa so groß wie die Frau und trug das braune Hemd der Hitlerjugend. Zunächst lächelte Gänslein die beiden an. Vielleicht freut man sich, gemeinsam überlebt zu haben und heil aus der Hölle entkommen zu sein, dachte er sich. Sein Lächeln verschwand, als er die reglosen, rußigen Gesichter der beiden sah.

Aus heiterem Himmel begann die Frau jetzt zu sprechen. »Schau ihn dir an, Herbert«, sagte sie und sah zuerst auf Gänslein und dann auf den Jungen. »Die jungen starken Männer wie dein Vater und dein Bruder verteidigen das Vaterland, während nutzlose Greise wie dieser hier überleben. Statt sich für Volk und Führer zu opfern, bleiben sie hier und werden uns jetzt das Wenige, was wir an Wasser und Essen noch haben, streitig machen.«

Gänslein dachte zunächst, sich verhört zu haben. Dann sah er mit müden Augen auf die Frau vor ihm. »Ich habe mir mein Schicksal nicht ausgesucht, Gnädigste«, sagte er mit heiserer, brüchiger Stimme. »Im Gegensatz zu Ihnen und Ihrer Brut, die wohl immer noch an den Endsieg glaubt – selbst jetzt, nach all dem, was heute Abend hier passiert ist. Schauen Sie sich doch um. Ist *das* das Heilige Deutsche Tausendjährige Reich, welches uns Ihr Führer versprochen hat?«

»Das ist Verrat, Mutter«, rief nun empört der Junge an ihrer Seite, »Zersetzung der Wehrkraft. Wenn ich eine Waffe hätte, würde ich den Mann erschießen. Gell, das dürfte ich doch, oder, Mutter?«

Die Frau sah voller Hass auf Gänslein.

Dieser hielt einen Moment lang ihrem Blick stand, dann machte er eine abweisende Handbewegung.

»Macht doch, was ihr wollt, aber lasst mir jetzt einfach meine Ruhe«, erwiderte er.

Der Junge spuckte vor Gänsleins Füße.

Dann gingen die beiden ein paar Schritte weiter.

Was ist das für eine Welt, fragte sich Gänslein. Eine Stadt wird zerstört, und die Menschen begegnen sich mit Hass. »Was ist nur aus uns geworden? Nein, meine Zeit ist vorbei. Ich gehöre nicht hierher – eigentlich schon lange nicht mehr. Ich hätte besser die Mauer runterspringen sollen«, murmelte er vor sich hin und lehnte sich auf der Bank zurück. »Mit Glück schlafe ich jetzt ein und wache nicht mehr auf. Mir reicht es.«

3

Am Morgen des folgenden Tages, es war der Samstag, verließ Gänslein seinen Schlafplatz auf der Brücke. Um ihn herum war es menschenleer. Wie in Trance setzte er sich in Bewegung und ging auf das rechte Mainufer zu in Richtung Würzburger Innenstadt – oder das, was von ihr übrig geblieben war. Vereinzelt loderten immer noch Brände. Die Straßen waren voll mit Schutt. Es stank erbärmlich nach einer Mischung aus Rauch und verbrannten Leibern.

Zunächst versuchte er, zu dem Haus zu gelangen, in dem sich seine Wohnung befand. Er ging rechts flussaufwärts. Der Mainkai, die einstmals breite und prächtige Straße mit Bootsanlegestellen zum Main und Bäumen auf der dem Fluss abgewandten Seite, war quasi nicht begehbar. Langsam kämpfte er sich über die Schuttberge. Durch die ledernen Sohlen seiner Schuhe spürte er die Hitze der Kopfsteine, mit denen die Straße gepflastert war.

Nach etwa 30 Metern erreichte er das *Haus der Deutschen Einheitsfront*. Bis zur Übernahme des Hauses durch die Nazis 1937 war hier das *Hotel Schwan*, Würzburgs prächtigstes Hotel, gewesen. Jetzt war das Gebäude nur mehr ein Schutthaufen, aus dem gelegentlich kleine Flammen loderten. Die stuckverzierte Fassade, die offene Terrasse mit Blick auf den Fluss, die luxuriöse Innenausstattung – alles war für immer zerstört. Was nicht gleich zerbombt wurde, fiel anschließend dem Feuer zum Opfer.

Mühsam kämpfte er sich etwa 20 Meter weiter, bis er auf Höhe des Hauses stand, in dem er selbst fast 50 Jahre lang gewohnt hatte. Er erkannte das Gebäude an der Fassade. Kein einziges Fenster war mehr intakt. Gänslein kletterte auf einen Schuttberg. Durch ein Fensterloch versuchte er, in die Parterrewohnung zu blicken. Es war die Wohnung der Kreislers, ein älteres Ehepaar um die 70, die schon seit Jahrzehnten Gänsleins Nachbarn gewesen waren. Früher hatte Fritz Kreisler sich auch als Hausmeister um das Haus gekümmert.

Gänslein versuchte, die Umrisse der einstmaligen Wohnung der Kreislers zu erkennen. Was er sah, war nur mehr Schutt. Dann blickte er nach oben. Die Häuserwände ragten nackt und brüchig empor. Eine Kulisse wie ein gigantischer faul gewordener hohler Zahn. Die Fassade war auf drei Seiten noch intakt, aber das Treppenhaus, der Dachstuhl und alle Decken, welche die Wohnungen – auch sein Zuhause – voneinander abgrenzten, waren abgebrannt. Verkohlte Stummel, Reste der Deckenbalken, stachen aus der Mauer der erhaltenen Seitenwand hervor, um zu markieren, dass hier mal eine Decke gewesen war. Das Interieur schien gänzlich verbrannt zu sein. Nichts war mehr auch nur im Ansatz als Möbelstück in dem Haufen aus verkohlten Balken und Ziegelsteinen zu erkennen.

Gänslein überlegte, sich durch den Schutt zu wühlen, um gegebenenfalls etwas zu finden – Wechselkleidung, Dosen mit eingelegtem Gemüse oder einfach nur

Erinnerungsstücke seines Lebens. Vielleicht würde er auch den Zugang zum Keller freigraben können, um dort nach etwas Essbarem zu suchen. Dann verwarf er den Gedanken wieder.

Er kletterte von dem Schutthaufen zurück auf die Straße – oder das, was vom Mainkai übrig geblieben war. Staub und Ruß hatten ihm die Kehle ausgetrocknet. Jetzt hatte er fürchterlichen Durst.

Durch die Schutthalden kämpfte sich Gänslein bis zum Main vor. An einem Bootsanlegesteg ging er die Stufen hinunter zum Fluss. Er begab sich in die Hocke, beugte sich vor und schöpfte mit beiden Händen Wasser. Zunächst wusch er sich damit das Gesicht, dann begann er gierig zu trinken. Die Frische tat ihm gut. Er strich sich mit nassen Händen durch seinen grauen Haarschopf und atmete erleichtert durch. Versonnen sah er auf den vor ihm dahinfließenden Main, als er in etwa zwei Meter Abstand bäuchlings eine weibliche Leiche an sich vorbeitreiben sah: ein langer dunkler Haarschopf, ein weißes Nachthemd, blasse und aufgedunsene Gliedmaßen – alles passiv und träge der Bewegung der Strömung folgend.

Erschrocken und voller Ekel setzte er sich auf. Er hustete, dann röchelte er, bis er sich schließlich übergeben musste. »Was … was … was zum Teufel …«, stammelte er. Taumelnd stand er auf. »Warum muss ich all das noch erleben? Warum?«, klagte er.

Er torkelte die Stufen zur Uferpromenade wieder hoch und stolperte über den Schutt auf der Straße zurück zu der verbliebenen Fassade seines Hauses. Unschlüssig und müde setzte er sich auf den Boden und lehnte sich an die Wand. Die Steine waren sehr warm, eine angenehme Hitze breitete sich über seinen Rücken aus.

Dann legte er sich auf die Seite. Abgefallene Ziegelsteine bohrten sich in das magere Fleisch von Hüfte und Oberschenkel. Kauernd und zusammengerollt wie ein Fötus im Bauch der Mutter fielen ihm die Augen zu.

Nach einigen Stunden unruhigen Schlafs erwachte Gänslein. Jeder Muskel, jeder Knochen, jedes Gelenk tat ihm jetzt weh. Sein Hals brannte. Krampfhaft versuchte er, ein paar Tropfen Speichel zu sammeln, was ihm nicht gelang. Mit einem schmerzhaften Stöhnen und dem Versuch, den Staub in seinen Lungen abzuhusten, stand er schließlich auf. Er blickte sich um. »Ich bin also immer noch nicht tot«, murmelte er vor sich hin. »Es ist weiterhin die gleiche lebendige Hölle, in der ich mich befinde. Alles tut mir weh, und alles, was ich mir in meinem Leben erarbeitet habe – Geld, Wohnung, Bilder, Wertgegenstände, Möbel –, alles ist zerstört.«

Er ging einen Schritt zurück, trat dabei auf einen Ziegelstein und knickte um. Ein heftiger Schmerz schoss in sein rechtes Fußgelenk. »Argh!«, stöhnte er. »Himmelherrgottsakrament! Warum zum Teufel lebe ich noch? Wäre ich jetzt tot, dann hätte ich wenigstens keine Schmerzen mehr. Niemand würde mich vermissen. Ich habe keine Angehörigen, und die wenigen Bekannten und Nachbarn, die ich hier in Würzburg hatte, sind sicher alle tot.«

Er rieb sich das etwas schmerzhafte Gelenk und streckte den Rücken. Der Durst wurde nun fast unerträglich. Zudem bekam er langsam Hunger. »Die stramme Nationalsozialistin gestern auf der Brücke hat recht gehabt. Warum überlebe ich Greis, während die jungen Männer auf den Schlachtfeldern sterben?«, murmelte er. Dann schnaubte er kurz durch die Nase und setzte sich langsam in Bewegung. Mit schmerzendem Fußgelenk tapste er vorsichtig zurück zur Mainbrücke.

»Aber ich bleibe auch bei dem, was ich gestern schon gesagt habe«, sprach er weiter mit sich selbst. »Ich habe mir mein Schicksal nicht ausgesucht. Wer weiß, wer weiß – der Herrgott, an den ich eigentlich mein ganzes Leben lang nicht geglaubt habe, wird sich schon etwas dabei gedacht haben, dass ich noch lebe.«

Nachdem Gänslein die Mainbrücke wieder erreicht hatte, entschied er sich, zum Marktplatz zu gehen. »Dort gibt es jetzt sicher *Silvaner* und gegrillte Würste, so wie früher, als ich mir mit den Kollegen in der Mittagspause öfters meine Brotzeit am Markt geholt habe«, sagte er und kicherte blechern.

Der direkte Weg am Rathaus vorbei war durch Schutt vollends versperrt, also ging er die Domstraße hoch, welche breiter war und daher eine Gasse zwischen den Schuttbergen freiließ. Er blickte nach vorne. Die Frontfassade des Doms mit den beiden Türmen links und rechts der Eingangspforte erschien ihm weitgehend erhalten.

Als er näher kam, erkannte er eine Menschenansammlung. Vor dem Kirchenbau, auf den Stufen zum Portal, saßen und knieten zwei Männer und vier Frauen, die wenig jünger als er selbst waren. Alle waren mit gefalteten Händen in sich versunken. Die Gruppe schien zu beten. Weiter oben auf der Treppe, vor dem Eingang zur Kirche, stand ein Priester in schwarzem Talar. Gänslein näherte sich der Gruppe. Als er auf der ersten Stufe der Treppe stand, hörte er den Pfarrer mit einer Mischung aus Gesang und Gemurmel das Vaterunser beten.

»Entschuldigung!«, rief Gänslein mit krächzender Stimme, so laut er konnte. »Entschuldigung, aber hat jemand von Ihnen etwas Wasser bei sich?«

Eine Frau und ein Mann unmittelbar neben Gänslein starrten ihn böse an. Dann wandten sie sich wieder ab und beteten gemeinsam das Ave-Maria.

Gänslein beobachtete unschlüssig das Geschehen. Er ging ein paar Stufen weiter hoch zu dem Pfarrer, der, versunken im Gebet, allen anderen den Rücken zugewandt hatte. »Entschuldigung, aber haben Sie bitte etwas Wasser für mich?«, fragte er ein weiteres Mal.

Als er erneut keine Antwort bekam, wurde er zunehmend ungehalten. »Warum beantworten Sie nicht meine Frage?«, wandte er sich jetzt direkt an den Priester. »Warum bekomme ich keine Antwort auf meine Frage? Und überhaupt – wenn Sie beten wollen, warum gehen Sie dann nicht in die Kirche rein?«

Der Priester sprach sein Ave-Maria zu Ende. Nach dem »Amen« drehte er sich mit einem freundlichen Lächeln zu Gänslein um. Der Mann war etwa 50 Jahre alt, hatte eine Halbglatze, trug eine dicke Brille und sprach mit einer auffällig hohen Stimme: »Der Zugang in die Kirche ist verboten – Einsturzgefahr und weiter bestehende Schwelbrände. Aber gesellen Sie sich doch zu uns. Lassen Sie uns gemeinsam beten. Gott ist überall, auch hier an den Pforten zum Dom. Der Herr weist uns den Weg in unsere Herzen.«

Gänslein sah eine Weile nachdenklich auf den Priester. Dann schüttelte er den Kopf. »Ach ja, ist das so?«, krächzte er jetzt wütend. »Gott ist überall und weist uns den Weg in unsere Herzen? Hat Gott dann auch den Bomberpiloten der Alliierten den Weg zu einer Stadt gewiesen, in der es nur Kirchen und Krankenhäuser zum Zerstören gibt? War es Gottes Wille, dass die Piloten gerade dort ihre tödliche Fracht abwerfen sollten? Ist das der Weg in unsere Herzen?«

Den Priester schien Gänsleins Wutausbruch kaltzulassen. Er schaute weiter mit fest zementiertem Lächeln auf ihn. »Sie kommen wohl nicht von hier, oder?«, fragte er. Dann wandte er sich wieder ab. »Lasset uns nun weiterbeten, meine Brüder und Schwestern, und suchet Trost bei dem allmächtigen Herrn.«

»Ich lebe schon länger in Würzburg, als Sie wohl alt sind. Außerdem brauche ich keinen Trost«, erwiderte Gänslein trotzig. »Ich brauche etwas zu trinken, sonst wird mir Ihr Herrgott beim Verdursten zusehen dürfen.«

»Jesus Christus spricht: Bittet, so wird euch gegeben. Suchet, so werdet ihr finden. Klopfet an, so wird euch aufgetan«, fuhr der Priester mit seiner hohen Singstimme fort, ohne sich erneut umzudrehen.

Ärgerlich schüttelte Gänslein den Kopf. »Dann halt nicht«, murmelte er vor sich hin und ging die wenigen Stufen wieder runter.

Kaum dass er unten am Domplatz war, sprach ihn eine der betenden Frauen an. »Gehen Sie zum *Missio*«, flüsterte die Frau ihm zu. »Die Klinik ist unzerstört. Dort bekommen Sie Wasser und etwas zum Essen.«

Gänslein blieb stehen und nickte kurz. »Vielen Dank«, sagte er und setzte sich wieder in Bewegung. »Dann also zum *Missio* und nicht zum Marktplatz.«

Durch eine Wüste aus Staub und Schutt ging er links über den Sankt-Kilians-Platz die Hofstraße hinab bis zur Residenz. In der Ferne sah er dort auf dem Residenzplatz ein gutes Dutzend Männer und Frauen sowie zwei Lastwägen. Die Frontfassade des barocken Gebäudes dahinter erschien erhalten. Wie bei allen anderen Häusern fehlte jedoch auch hier das Dach.

Langsam näherte sich Gänslein der Gruppe. Der Flüssigkeitsmangel machte ihm nun zunehmend zu schaffen. Er hatte Kopfschmerzen und konnte nicht mehr scharf sehen. Neben den Schmerzen im Fuß kam nun eine Schwäche der Beine hinzu. »Muss trinken, muss trinken«, murmelte er vor sich hin und quälte sich Schritt für Schritt weiter.

Schließlich erreichte er die Gruppe.

»Kommen Sie zur Leichenidentifizierung?«, wurde er von einem Mann in Arbeitskleidung angesprochen. Verwirrt blieb Gänslein stehen. Jetzt erkannte er, warum sich die Gruppe hier versammelt hatte. Auf dem Platz lagen etwa 50 Leichen. Die Lastwägen waren hier geparkt, um die Leichname abzutransportieren und sie dann zu einem Massengrab zu bringen, wo sie beerdigt werden sollten. Die Männer und Frauen waren hier, um möglicherweise ihre Nachbarn und Verwandten zu identifizieren und sie anschließend mit Namensschild in den Lastwagen zu hieven.

»Ich ... äh ... ja«, stammelte Gänslein und näherte sich dem Mann. »Haben Sie zufällig einen Schluck Wasser für mich?«

Der Mann musterte ihn eine Weile. Dann ging er zum Führerhaus des Lastwagens und kam mit einer Feldflasche wieder zurück. »Aber nur einen Schluck«, sagte er und reichte Gänslein die Flasche.

Gierig griff er zu und trank so schnell und viel er konnte. Das Wasser war köstlich, kühl und frisch.

»Halt, jetzt reicht es aber!«, rief der Mann und riss Gänslein die Flasche aus der Hand.

Mit der mittlerweile feuchten Zunge fuhr sich Gänslein über die Lippen. »Danke, herzlichen Dank! Vergelt's Gott«, sagte er und räusperte sich. Endlich konnte er wieder schlucken.

»Schon recht«, erwiderte der Mann und schraubte den Verschluss der Flasche zu. »Jetzt aber los! Wir haben heute noch so einiges zu erledigen«, wies er Gänslein an und zeigte auf die aufgereihten Leichen. »Wir brauchen Nachnamen, Vornamen und am besten auch noch das Geburtsdatum.«

Gänslein nickte und marschierte langsam zu den akkurat in zwei Reihen platzierten Leichnamen. Er hatte schon öfters tote Menschen in seinem Leben gesehen, auch war ihm aus dem Ersten Weltkrieg der grauenhafte Anblick von Leichen mit abgerissenen Gliedmaßen bekannt. Neu war ihm, was er hier sah. Neben jungen Frauen lagen kleine Kinder. Familien, die gemeinsam Schutz in einem Luftschutzbunker gesucht hatten, waren Körper an Körper aufgebahrt. Die Menschen mussten im Bunker durch das Feuer gefangen gewesen und dort grausam erstickt sein. Weiter hinten lagen Leichen mit verbrannten Gesichtern und Gliedmaßen. Statt Kleidung sah er nur mehr verkohlte Stofffetzen an ihren geschundenen Körpern hängen. Kopfschüttelnd und fassungslos schritt Gänslein die Reihen entlang. In der zweiten Reihe blieb er vor den Leichnamen eines älteren Mannes und einer etwa gleichaltrigen Frau stehen. Obwohl die Gesichter der Toten mit einer dicken Staubschicht bedeckt waren, erkannte er die beiden: Es war das Hausmeisterehepaar seines Wohnhauses. »Ein Paar, vereint bis in den Tod«, murmelte Gänslein vor sich hin. »Das haben die beiden mir voraus. Mir ist weder der Tod noch eine Frau gegönnt gewesen. Für beides bin ich wohl zu dumm.« Mit einem tiefen Seufzer schüttelte er den Kopf. Dann hob er die Hand und blickte zu dem Mann, der ihm zuvor etwas Wasser gegeben hatte. »Die beiden kenne ich. Es sind Fritz und Bertha Kreisler«, rief er ihm zu.

Der Mann nickte und eilte mit einem Stück Pappkarton und einem Bleistift auf ihn zu.

»Sind Sie sicher?«, fragte er.

Gänslein nickte.

»Und das Geburtsdatum?«

»Weiß ich nicht«, erwiderte Gänslein.

Der Mann schrieb hastig den jeweiligen Namen der beiden auf ein Stück Pappe und befestigte die Namensschilder mit großen Büroklammern an deren Jacke. »Erwin, wir haben wieder zwei«, rief er schließlich in Richtung eines Mannes, der bei den Lastwägen stand. »Hilf mir mal schnell beim Verladen!«

Gänslein ging einen Schritt zur Seite. »Darf ich jetzt wieder gehen?«, fragte er den Mann.

»Sonst haben Sie niemanden erkannt?«

»Nein!«, beteuerte Gänslein. »Darf ich jetzt?«

Der Mann nickte. Er packte Bertha Kreisler an den Füßen und zerrte sie über das Kopfsteinpflaster des Residenzplatzes aus der Reihe der Toten heraus.

Gänslein ging, so rasch es sein mittlerweile schmerzhaft geschwollenes Fußgelenk zuließ, weiter. Er hatte genug von dieser Hölle, in der er sich seit dem gestrigen Abend befand.

Völlig entkräftet erreichte er eine knappe Stunde später endlich das *Missionsärztliche Institut*. Die Frau am Dom hatte recht gehabt. Das Klinikum war wie durch ein Wunder unversehrt geblieben. Nicht eine einzige Glasscheibe schien kaputt gegangen zu sein. Das Krankenhaus war ein Überbleibsel der Stadt Würzburg, wie sie vor dem 16. März 1945 existiert hatte.

4

Zwei Tage nach dem Bombenangriff, es war der Sonntagvormittag, 14 Tage vor Ostern, hatte Gauleiter Doktor Otto Hellmuth zu einem Treffen gebeten. Eingeladen waren Richard Wolf, Oberst der Wehrmacht, sowie der Oberbürgermeister der Stadt Würzburg, Theo Memmel. Man traf sich in Hellmuths Haus in der Ludendorffstraße, ehemals Rottendorfer Straße. Die Namen einiger Würzburger Straßen wurden bereits 1933 nach der Machtergreifung umbenannt. So wurde etwa aus der Theaterstraße die Adolf-Hitler-Straße, die Frankfurter Straße wurde in Eppstraße umbenannt. 1938 wurde dann eben aus der Rottendorfer Straße die Ludendorffstraße. Im gleichen Jahr bezog der Gauleiter die Villa mit der Hausnummer 26. Der Inhaber der Immobilie war ein jüdischer Apotheker gewesen, der emigrieren musste. Ein echtes Schnäppchen also für die Familie Hellmuth. Es war ein herrschaftliches Anwesen, den gehobeneren Ansprüchen des Besitzers und dessen Gattin entsprechend.

Memmel und Wolf trafen beide pünktlich um 10.30 Uhr ein. Memmel trug einen gewöhnlichen Anzug, während Wolf in Wehrmachtsuniform erschien. Unübersehbar prangte das Große Ritterkreuz des Heeres dort, wo der oberste Knopf seiner grauen Jacke war. Auch Hellmuth trug statt bequemer Sonntagskleidung in den eigenen vier Wänden die braune Uniform eines Gauleiters einschließlich der dunkelbraunen Reitstiefel, die bis hoch zu den Kniekehlen reichten. Die rot-weiß-schwarze Hakenkreuzbinde leuchtete an seinem linken Arm.

»Bitte nehmen Sie Platz, meine Herren«, begann Hellmuth und wies den beiden anderen zwei Ledersessel zu. Er hatte die Männer im Salon der Villa empfangen. Ein Sideboard, auf dem diverse Alkoholika in geschliffenen Kristallglasflaschen standen, war an einer Seite des Raumes. In der Mitte des Zimmers, um einen niedrigen Tisch gruppiert, waren die beiden Sessel sowie ein gut zwei Meter langes Ledersofa. An der Wand, über dem Sofa, hing ein überlebensgroßes, in Öl gemaltes Porträt des Führers in der Uniform eines Generalfeldmarschalls.

»Kann ich Ihnen einen Cognac anbieten?«, fragte Hellmuth, nachdem die beiden Männer Platz genommen hatten.

»Ist das nicht etwas zu früh?«, fragte Memmel.

»Schauen Sie vor die Tür, dann wissen Sie, warum für uns alle ein Gläschen Schnaps jetzt genau das Richtige wäre«, sagte Wolf. Er lehnte sich weit zurück und blies die Backen auf.

Der Gauleiter nickte, füllte drei Cognacschwenker mit der braunen Flüssigkeit, reichte den beiden anderen Männern ihr Glas und setzte sich mit einem tiefen Seufzer auf das Sofa. Der in Öl gemalte Führer wachte jetzt über ihn.

»Sie wissen, dass Ihre schmucke Villa eines der wenigen Häuser ist, welches unzerstört geblieben ist?«, begann Memmel, nachdem alle drei einen großen Schluck genommen hatten. »Unser Haus ist vollständig zerstört. Der größte Teil der Familie ist jetzt bei Verwandten in Veitshöchheim untergekommen. Nur Theo, mein Ältester, ist hiergeblieben.«

Hellmuth presste seine wulstigen Lippen aufeinander und schüttelte den Kopf. Dann nahm er einen weiteren Schluck aus seinem Cognacschwenker. »Ganz so ist es nicht. Das Haus ist nicht unzerstört. Die Fenster an der Westfassade sind zersprungen, und der Garten ist durchlöchert mit Bombenkratern«, erwiderte er schließlich. »Das ist alles schrecklich. Gestern Mittag bin ich wieder nach Würzburg gekommen. Zuvor war ich dienstlich unterwegs. Und was sehe ich? Ruinen und Schuttberge, die einen die Straßen nur schwer benutzen lassen. Als Krönung empfängt mich dann noch eine wütende Gattin.«

Wolf konnte sich ein zynisches Grinsen nicht verkneifen. »Besser wütend als tot«, murmelte er.

»Das gesamte Personal, weder das Hausmädchen noch die Köchin oder unser Diener, sind zum Dienst erschienen«, fuhr Hellmuth unbeeindruckt fort. »Meine Frau tobt vor Wut. Wir müssen uns selbst die Mahlzeiten zubereiten. Stellen Sie sich das vor. Das hat es seit mehr als zehn Jahren nicht gegeben.«

»Gibt es verlässliche Zahlen zum Ausmaß der Zerstörung?«, fragte Wolf jetzt Memmel.

»Geschätzt sind über 80 Prozent aller Wohnhäuser zerstört, wahrscheinlich sogar mehr«, erwiderte dieser. »Die Versorgung mit Strom und Wasser ist im gesamten Stadtgebiet zusammengebrochen.«

»Wie viele Opfer?«, fragte Wolf weiter.

»So wie es aussieht, sind es Tausende an Toten und etwa die gleiche Zahl an Verletzten«, antwortete Memmel und nahm einen erneuten Schluck aus seinem Glas. »Fast ausschließlich zivile Opfer. Viele der Gestorbenen sind in den Luftschutzbunkern erstickt. All die, welche die Bombennacht überlebt haben, werden mittlerweile angewiesen, ihre toten Verwandten, Bekannten und Nachbarn zu identifizieren. Wir müssen rasch die Leichen begraben, sonst brechen Seuchen aus.«

»Das wird der Feind uns büßen«, ging Hellmuth dazwischen. »Ohne Erbarmen werden wir zurückschlagen.« Mit geballter Faust schlug er auf den Tisch.

»Wie sieht es mit wehrfähigen Überlebenden aus? Gibt es hier eine Schätzung?«, fragte Wolf unbeirrt weiter. »Ich meine Mitglieder der Feuerwehr, der Polizei, Sanitäter, Verwaltungsangestellte?«

Memmel rieb sich nachdenklich die Nase. »Schwer zu sagen. 100 bis 200 Männer, mehr eher nicht.«

Wolf blickte betreten auf den Boden. Dann leerte er sein Glas, stellte es auf den Tisch, lehnte sich in seinem Sessel wieder zurück und wandte sich an Hellmuth. »Herr Gauleiter, wollen Sie den Oberbürgermeister informieren, welche Order wir aus Berlin erhalten haben?«

Hellmuth zögerte eine Weile. Dann stand er auf, stemmte die Hände in die Hüften und knallte die Fersen zusammen. Er sprach, als ob ihm statt zwei Männern in einem Salon hunderte Menschen in einer Halle zuhörten. »Meine Herren! Unbeirrbar und hasserfüllt stehen wir zu unserer Pflicht. Wir kennen nur noch eins: alles tun für den Tag der Rache. Und dieser wird kommen, schon sehr bald. Der Führer befiehlt, und wir gehorchen. Wir werden nicht nur diese Stadt und viele andere Orte und Gemeinden bis zum letzten Mann verteidigen – nein, wir werden den Feind zurückschlagen und letztendlich vernichten. Um jede Straße, jedes Haus, jeden Quadratzentimeter unseres geliebten Heimatbodens werden wir kämpfen. So will es der Führer, und so wollen es wir.«

»Das bedeutet also, dass wir uns in einer zerstörten Stadt einem herannahenden Feind entgegenstellen müssen?«, fragte Memmel gelassen. »Und wann wird das sein?«

Hellmuth nickte kurz und setzte sich wieder auf das Sofa. »Informieren Sie den Oberbürgermeister, Herr Oberst«, sagte er leise. Er trank nun ebenfalls den Rest seines Cognacs. Dann nahm er seine Brille ab. Langsam und sorgfältig putzte er deren Gläser, während Wolf berichtete.

»Auch wenn ich es ungern sage, aber die Situation an der Westfront ist aktuell nicht so, wie wir es uns wünschen«, begann Wolf. »Der Amerikaner hat gestern an einigen Stellen den Westwall durchbrochen.«

»Der Westwall wurde überschritten?«, fragte Memmel schockiert. »Aber die Verteidigungsanlagen galten als unüberwindbar.«

»Das sind sie auch, wenn anständige Deutsche dort kämpfen würden. Aber diese Zeiten sind vorbei. Mittlerweile sind Feiglinge an der Front«, ging Hellmuth dazwischen und unterbrach das Putzen seiner Brillengläser. »Das müssen Sie sich einmal vorstellen. Soldaten in deutscher Uniform ergeben sich kampflos. Eine Schande ist das.«

»Unsere Männer fliehen vor dem Feind?«, fragte Memmel. Fassungslos schüttelte er den Kopf.

»So ist es«, erwiderte Wolf. »Auch wenn es mir schwerfällt, das zuzugeben.« Er sog tief Luft durch die Nase. Dann beugte er sich vor zu Memmel und blickte ihm entschlossen in die Augen. »Und genau das, Herr Oberbürgermeister, darf nicht mehr passieren. Aus diesem Grund sitzen wir hier. Um alles zu unternehmen, dass der weitere Vormarsch der Alliierten ins deutsche Kernland verhindert wird. Hier, in Würzburg, soll eine neue Verteidigungslinie entstehen. Der Feind muss aufgehalten werden – koste es, was es wolle. Feiglinge werden ab sofort nicht mehr geduldet. Jeder Deutsche, der sich ergeben möchte, wird erschossen oder aufgehängt. Wird beim Herannahen des Feindes eine weiße Fahne gehisst, und sei es auch nur ein kleiner Fetzen, der aus dem Fenster hängt, so wird das Haus dem Erdboden gleichgemacht. Wir werden ab sofort alles in die Schlacht schicken, vom Knaben bis zum Greis. Der Führer befiehlt die totale Mobilisierung. Um es im Klartext zu wiederholen: Würzburg darf nicht fallen!«

»Das bedeutet konkret was in der Umsetzung?«, fragte Memmel.

»Dass wir die verbliebene Zivilbevölkerung auf die Schlacht vorbereiten müssen«, antwortete nun Hellmuth, der wieder sorgsam seine Brille putzte. »Jeder

Mann, jeder Knabe, jeder Greis, alles, was auf zwei Beinen steht und eine Waffe halten kann, wird die Stadt verteidigen müssen. Im Zweifelsfall auch Mädchen und Frauen. Und Sie, Herr Oberbürgermeister, sind dafür verantwortlich, dass uns keiner entgeht. Suchen Sie in der Stadt und den umgebenden Gemeinden nach Pimpfen der Hitlerjugend. Schaffen Sie Notkasernen, in denen die Volksfront ausgebildet werden kann. Oberst Wolf wird mit seinen Männern für die Bewaffnung und Ausbildung der Zivilisten sorgen. Ich selbst werde morgen in der *Mainfränkischen Zeitung* einen Aufruf zur Verteidigung der Stadt starten.«

»Und bis wann, Herr Gauleiter, rechnen wir mit dem Angriff der Alliierten?«, fragte Memmel.

Hellmuth spitzte jetzt die wulstigen Lippen und setzte sich die Brille wieder auf die Nase. »Herr Oberst?«, reagierte er schließlich mit Blick auf Wolf.

»Wenn sich die 42. Infanteriedivision der US-Armee in der gleichen Geschwindigkeit wie bisher weiterbewegt, kann es schon Ostern so weit sein«, sagte dieser.

»In zwei Wochen soll ich aus Kindern und Zivilisten eine Armee aufgestellt haben?«, fragte Memmel nach.

»So ist es«, erwiderte Wolf trocken. »Und ich werde Ihnen dabei helfen.«

»Herr Oberbürgermeister, unterschätzen Sie nicht den Mut und den Kampfeswillen des deutschen Volkes. Wir werden des Führers Befehl befolgen und die Stadt verteidigen«, ergänzte Hellmuth und stand auf. »So! Und nun, meine Herren, an die Arbeit. Es gibt viel zu tun.«

»Ich glaube, dass es doch richtig war, schon so früh Schnaps zu trinken«, murmelte Memmel kaum hörbar und erhob sich ebenfalls. Dann hob er die rechte Hand zum Deutschen Gruß und sprach mit lauter Stimme: »Herr Gauleiter, Herr Oberst, ich werde Sie nicht enttäuschen. Heil Hitler!«

5

Seit den frühen Morgenstunden saßen Colonel John Schmidt und Sergeant Bob Roseman im Jeep. Private O'Reilly war ihr Fahrer. Die Kolonne der 42. Infanteriedivision, in die sie sich mit eingegliedert hatten, erschien endlos. Truppentransporter, Munitions- und Versorgungslaster, Artillerie, Panzer. Ein nicht enden wollender Zug, der sich seit der Überschreitung des Rheins bei Worms in das deutsche Kernland vorgearbeitet hatte. Unaufhörlich, Tag und Nacht, brauste der Konvoi über Landstraßen, die sich durch Wälder und Felder schlängelten – immer wieder unterbrochen durch Dörfer, die alle gleich aussahen.

Am liebsten waren den Soldaten Dörfer mit Häusern, aus deren Fenstern weiße Laken hingen. Diese ließen sich rasch passieren. Die Dorfbewohner leisteten keinerlei Widerstand, Scharfschützen waren selten, und die Einwohner standen winkend vor ihren Häusern oder lehnten sich aus den Fenstern. Viele staunten, wie eine Armee so viele Fahrzeuge haben konnte. Aufgehalten wurde der Tross, wenn von den Spähtrupps ein Widerstandsnest vermutet wurde. Dann schlug zunächst die Artillerie zu, unterstützt durch Bombardierungen durch die Air-Force. War das Nest geräumt, mussten anschließend die Schäden an der Straße – Bombenkrater und Schuttberge – von den Pioniertruppen beseitigt werden. Dies konnte manchmal dauern.

Die 42. Infanteriedivision, auch *Rainbow-Division* genannt, war seit dem Herbst in Europa. Die gleiche Division hatte bereits im Ersten Weltkrieg gekämpft. Sie war damals zusammengesetzt aus den Nationalgarden von 27 Bundesstaaten. Da die Division sich wie ein Regenbogen über das gesamte Land erstreckte, wurde sie *Rainbow-Division* genannt.

Colonel Schmidt war der Kommandant des 232. Infanterieregiments der Division. Sergeant Roseman hatte er im Januar 1945 in den Ardennen während der deutschen Gegenoffensive kennengelernt. Rosemans Auftrag war die psychologische Kriegsführung. Er schoss keine Granaten ab, sondern nutzte auf einen Jeep aufgebaute Lautsprecher und ein daran angeschlossenes Mikrofon, um die feindliche Truppe zur Aufgabe zu überreden.

Schmidt mochte den kleinen Mann mit den kurzen schwarzen Locken, vor allem schätzte er es, sich mit Roseman auf Deutsch zu unterhalten. Die Fahrt im Jeep dauerte oft lange. Ein angenehmer Gesprächspartner kam ihm da sehr gelegen.

»Sie wissen, dass uns die Männer *Rainbow-Krauts* nennen, Colonel?«, begann Roseman, als die Kolonne aufgrund einer Straßenräumung wieder einmal ins Stocken gekommen war.

»Ja? Tun Sie das?«, fragte Schmidt lächelnd zurück. Er beugte sich vor zum Fahrer und ließ sich eine Zigarette anzünden. Schmidt inhalierte tief den Rauch. »Private, do you call me *Rainbow-Kraut*?«, wollte er von dem Soldaten am Steuer wissen.

»Sir, certainly not, Sir«, erwiderte dieser.

Mit einem Grinsen auf den Lippen lehnte sich Schmidt wieder zurück. »Wissen Sie was, Sergeant«, fuhr er fort und blies dicke Rauchwolken aus. »Auch wenn dem so ist. Mir gefällt der Name *Rainbow-Kraut*. Wir haben hier alle unsere Nicknames. So wird Major General Collins von den Männern *Hollywood Harry* genannt.«

O'Reilly drehte sich mit einem wissenden Lächeln zu Schmidt um. Auch wenn er kein Wort Deutsch verstand, *Hollywood Harry* war ihm durchaus ein Begriff.

»*Hollywood Harry*?«, fragte Roseman lachend. »Wie kam der General denn zu dem Namen?«

»Verstehen Sie mich nicht falsch, Sergeant. Major General Harry Collins ist ein hervorragender Soldat. Seitdem er die Führung der Division übernommen hat, haben wir keine Niederlage erlitten. Er versteht es, eine Armee bei Laune zu halten. Die Männer werden mit warmen Mahlzeiten, frischer Kleidung, ausreichend Zigaretten und bis zu zwei Dosen Bier pro Tag versorgt. Aber General Collins' Auftreten ist manchmal etwas extravagant. In Fort Gruber hatte er damit angefangen, eine Motorradeskorte mit Blaulicht und Sirene zu nutzen, auch wenn er nur wenige Meilen zurücklegte.«

»Verstehe«, erwiderte Roseman. »Die Allüren eines Filmstars, daher *Hollywood Harry*.«

Schmidt nickte lächelnd. Dann stieg er aus dem Jeep. »Kommen Sie mit, Sergeant, lassen Sie uns etwas die Beine vertreten, solange wir hier nur stehen.«

Roseman nickte und verließ ebenfalls das Auto.

»We go for a walk«, sagte Schmidt zum Fahrer. »Don't forget to pick us up, when the convoy moves further.«

»Sir, yes, Sir«, erwiderte O'Reilly und salutierte.

Schmidt sah sich nach beiden Seiten um. »Erstaunlich, wie lang so eine Kolonne aus 15.000 Soldaten sein kann.« Dann wandte er sich an Roseman. »Zigarette gefällig?«

»Danke, Colonel«, sagte dieser, nahm sich aus dem geöffneten Etui des Colonels eine Zigarette, ließ sie sich anzünden und inhalierte genussvoll den Rauch.

Sie gingen nebeneinander in Richtung der Spitze des Konvois. Nach den Jeeps der Offiziere kamen sie an einigen Mannschaftswagen der Infanteristen des 232. Regiments vorbei. Viele der Soldaten nutzten die Pause. Sie lagen im kühlen, aber trockenen Gras neben der Straße und schliefen. Schmidt sah darüber hinweg, nicht von jedem gegrüßt zu werden. Die Männer hatten seit Wochen nicht mehr in richtigen Betten geschlafen und waren erschöpft.

»Nun, Roseman«, begann Schmidt nach einer Weile. »Erzählen Sie mir was von sich.«

»Das tue ich gerne«, erwiderte Roseman, »wenn Sie vorab Ihr Geheimnis lüften und mir erzählen, woher Sie eigentlich so perfektes Deutsch verstehen und sprechen. Im Gegensatz zu mir sind Sie ja meines Wissens nicht in Deutschland geboren.«

Schmidt lächelte und zündete sich eine weitere Zigarette an. »Das ist richtig. Geboren bin ich 1898 in New York. Groß geworden bin ich in Milwaukee. Aber meine

Mutter war Deutsche. Sie hat immer Deutsch mit mir und meinem Bruder gesprochen. Sogar auf dem Sterbebett hat sie sich in ihrer Muttersprache von uns verabschiedet. Englisch habe ich tatsächlich erst auf den Straßen Milwaukees und in der Schule gelernt. Außerdem gefällt mir die deutsche Sprache. Mein Ziel war immer, jedes Buch von Thomas Mann in der Originalausgabe lesen zu können.«

»Und Ihr Vater?«, fragte Roseman nach.

»Bill, mein jüngerer Bruder, und ich sind ohne Vater aufgewachsen. Eine starke deutsche Mutter, die mit beiden Beinen fest im Leben steht, hat uns gereicht«, erwiderte er schmunzelnd. »So, jetzt sind Sie aber dran, Sergeant.«

Roseman nickte und begann zu erzählen. »Ich wurde am 20. Januar 1920 in Rimpar bei Würzburg als Robert Rosenmann geboren.«

»Robert Rosenmann? Warum haben Sie den Namen gegen Bob Roseman getauscht?«, unterbrach ihn Schmidt. »Rosenmann ist doch schön. Meine Mutter hieß übrigens Emilia mit Vornamen. Sie wollte niemals Emily genannt werden. Das englische Emily fand sie schrecklich – ein Kindername. Emilia hingegen hat ihr gefallen.«

»Nun, Colonel, auch wenn ich Jude bin, so sind deutsche Namen in den USA derzeit nicht unbedingt beliebt. Sie verstehen?«, erwiderte Roseman.

Schmidt nickte. »Das sagen Sie jemandem, der Schmidt heißt? Na ja, vielleicht besser so«, murmelte er lächelnd vor sich hin.

»Auf jeden Fall wohnte meine Familie schon seit Generationen in der Nähe Würzburgs«, fuhr Roseman fort. »Es gab nie Probleme mit den Nachbarn. Bis die Nazis an die Macht kamen. Dann wurde alles anders.« Er inhalierte nachdenklich den Rauch seiner Zigarette. »Wissen Sie, Colonel, ich hasse dieses Pack. Sie haben mir die Heimat und einen Großteil meiner Familie genommen – ohne Grund. Und dafür verachte ich mittlerweile nicht nur die Nazis. Alle Deutschen sind schuldig. Sie haben Hitler nicht nur an die Macht kommen lassen, nein, sie gehorchen ihrem Führer und führen blindlings alles aus, was er ihnen befiehlt. Sogar jetzt noch, in den letzten Tagen eines sinnlosen Kriegs.«

»Ist das so?«, fragte nun Schmidt. »Denken Sie an die Dörfer mit den weißen Fahnen. Viele jubeln, wenn sie uns sehen, und wirken erleichtert. Mir scheint, dass sie Hitler verabscheuen.«

Roseman blieb stehen und sah Schmidt in die Augen. »Bei allem Respekt, Sir. Es mag sein, dass die Menschen hier mittlerweile Hitler verabscheuen. Aber nicht, weil er den Krieg begonnen hat. Sie hassen ihn, weil er den Krieg gerade verliert.«

Schmidt knetete nachdenklich seine Unterlippe. »Das werden wir bald, schon sehr bald herausfinden, Sergeant«, sagte er schließlich. »Aber jetzt kommen Sie. Lassen Sie uns weitergehen. Wie kamen Sie in die Vereinigten Staaten?«

»Nach der Machtergreifung musste ich schon 1934 die Schule in Würzburg verlassen. Eigentlich wollte ich auf dem Siebold-Realgymnasium Abitur machen. So musste ich mit 14 Jahren im Geschäft meines Vaters mitarbeiten. In der Reichspogromnacht im November 1938 wurden dann unser Laden und unser Haus zerstört. Wir versteckten uns, bis uns Egon Kastner, der Sohn des Gastwirts in Rimpar, entdeckte und an die Gestapo auslieferte. Ich kannte Egon, wir hatten als Kinder miteinander gespielt. Er war ein Freund – und dann das. Was folgte, war die Deportation meiner Eltern und der beiden Schwestern. Bis heute weiß ich nicht, wo sie sind und ob sie überhaupt noch leben.«

Roseman wischte sich mit der Hand kurz über das Gesicht. Der Gedanke an seine Familie ließ ihn stocken.

»Mich brachte man nach Dachau in die Nähe von München«, fuhr er schließlich fort. »Ein schrecklicher Ort. Jeden Tag wurden dort hilflose Menschen erschlagen. Wir mussten bis zur totalen Erschöpfung schuften und bekamen nichts zu essen. Und all das nur, weil wir Juden sind. Wir hatten keine Verbrechen begangen. Ich … ich …«, er kam nun erneut ins Stocken. Tränen sammelten sich in Rosemans Augen, »ich … ich kann es immer noch nicht verstehen, wie eine ganze Nation – ein Kulturvolk mit humanistischer Tradition – so durchdrehen und in die Irre geleitet werden kann.«

Betreten schüttelte Schmidt den Kopf. »Auch wenn er viele Menschenleben kosten wird, aber dieser Krieg ist mehr als gerecht«, murmelte er vor sich hin. »Wie kamen Sie dann frei?«, fragte er jetzt Roseman.

»Ein Onkel, der in weiser Voraussicht bereits 1933 emigriert war, verschaffte mir für viel Geld ein Visum. Im Dezember 1938 durfte ich schließlich ausreisen. Mit dem Schiff ging es über Holland nach New York. Spätestens während der Überfahrt wurde mir klar, dass ich kein Deutscher mehr war und das auch niemals wieder sein wollte. Das war nicht mehr meine Heimat. In New York habe ich dann zunächst in einem Kaufhaus gearbeitet, bevor ich vor drei Jahren, also sechs Monate nach dem Kriegseintritt der USA, in die US-Army eingezogen wurde. Mittlerweile bin ich US-amerikanischer Staatsbürger. Und jetzt bin ich hier. Zurückgekehrt nach Deutschland, um den Feind zu schlagen, der mir die Heimat und die Familie geraubt hat.«

»Und diesen Kampf führen Sie, ohne eine Waffe zu benutzen«, ergänzte Schmidt.

»So ist es, Colonel«, erwiderte Roseman lächelnd. »Bisher waren meine Waffen ausschließlich Worte. Ich kenne die Deutschen. Sie sind Opportunisten. Leichtgläubig und immer bereit, sich einen Vorteil zu suchen. So wie Hitler ihnen Macht, Wohlstand und Ansehen versprochen hat, verspreche ich Nahrung, Zigaretten, warme Decken und saubere Verbände für ihre Wunden. Nur kann ich im Unterschied zu ihrem Führer diese Versprechen sogar halten.«

»Und Sie machen einen guten Job, Sergeant«, ergänzte Schmidt. »Die Flugblätter und Ihre Ansprachen über Lautsprecher bewirken, dass sich die feindlichen Soldaten scharenweise ergeben.«

Roseman blickte zufrieden zu Schmidt. »Danke, Colonel, Sir«, sagte er und salutierte.

In diesem Moment hörten sie, wie mit lautem Schnarren die Motoren der Armeetrucks vor ihnen angelassen wurden. Schwarze Dieselwolken kamen aus den nach oben gerichteten Auspuffrohren der Laster.

»Ich denke, dass es weitergeht«, sagte Schmidt und sah nach vorne. »Warten wir hier, bis uns Private O'Reilly wieder mitnimmt.«

Roseman nickte. »Was ist unser nächstes Ziel, Colonel?«

»Wertheim und dann Würzburg«, erwiderte Schmidt lapidar. »Wir nähern uns Ihrer Heimatstadt, Sergeant. Aber erwarten Sie nicht, dort mit offenen Armen empfangen zu werden.«

6

Am Tag nach der Bombardierung hatte sich eine Krankenschwester des *Missio* seiner erbarmt. Sie hatte Gänslein Wasser und etwas zu essen gegeben und anschließend den lädierten Knöchel verbunden. Die folgende Nacht hatte er in einem Schlafsaal der Klinik verbringen dürfen. Dann, am nächsten Morgen, musste er gehen. Sein Bett und seine Versorgungsrationen wurden für diejenigen gebraucht, die es nötiger hatten. Und das waren viele. Nach und nach sammelten sich Hunderte von Überlebenden. Zivilisten jeder Altersgruppe, Frauen und Kinder mit schweren Brandwunden und Knochenbrüchen, verursacht durch herabstürzende Trümmerteile.

Nach seiner Entlassung aus dem Klinikum irrte Walter Gänslein nun durch die Ruinen der zerstörten Würzburger Innenstadt. Er war auf der Suche nach Wasser, Essen und warmer Kleidung. Auf die Hitze des Feuers in der Nacht nach dem Angriff folgte die Kälte. Ein eisiger Wind pfiff jetzt durch die Ruinen. Die Temperaturen lagen nur mehr knapp oberhalb des Gefrierpunkts.

Es waren nicht einmal 48 Stunden vergangen, seit sich Gänslein oben beim Käppele Gedanken über sich und sein bisheriges Leben machte. Jetzt herrschten andere Prioritäten. Die Frage nach dem Sinn seines Daseins stellte sich nicht. Auch warum gerade Würzburg, die Stadt der Kirchen, Universitäten und Krankenhäuser, nahezu vollständig zerstört wurde, war für ihn jetzt nicht mehr von Belang. Trotz des hohen Alters wurde er nun von Instinkten – Überlebensinstinkten – in seinem Denken und Handeln geleitet. Wo finde ich Essen? Wo kann ich schlafen? Wo gibt es wärmende Kleidung? Der ehemalige Staatsanwalt hatte keine Skrupel mehr, in fremde Häuser, oder das, was davon übrig geblieben war, zu gehen, und sich mit dem zu versorgen, was er zum Überleben benötigte.

Andere Menschen traf Gänslein in den zerstörten Straßen nur wenige. Begegnete man sich, wurde das jeweilige Gegenüber gemustert. Stellt er oder sie eine Gefahr da? Oder hat er oder sie vielleicht etwas, was ich gebrauchen könnte? Bietet sich gegebenenfalls die Möglichkeit für ein Tauschgeschäft an? Du gibst mir etwas von deinem Schinken, ich gebe dir dafür meine Jacke? Kurzum, man beschnupperte sich wie streunende Straßenhunde. Und dann gab es immer noch Leichen in diversen Hinterhöfen, die nach brauchbaren Kleidungsstücken untersucht wurden. Plündern wurde somit zum Gesetz des Überlebens. Ordnende Kräfte – sei es Polizei oder Militär – waren nicht präsent.

Bis zum Mittag hatte sich Gänslein so mit dem Notwendigsten versorgt: einem Mantel und einer Feldflasche, die er beides einer Leiche in einem zerbombten Haus abgenommen hatte. Konservenbüchsen mit Leberwurst und eingemachtem Obst hatte er im Keller eines zerstörten Wirtshauses am Barbarossaplatz gefunden.

Er stellte fest, dass ehemalige Hotels oder Gaststätten die ergiebigste Quelle für Nahrung waren. Hier gab es oft noch intakte Keller, in denen reichlich Nahrungsmittel gelagert waren.

So führte ihn am frühen Abend sein Weg in die Neubaustraße zur Ruine des *Hotels Rebstock*. Die Frontfassade mit den Rokoko-Stuckelementen war intakt. Die hölzerne Tür war teilweise verbrannt und stand weit offen. »Die Idee, dass es hier etwas zu holen gibt, scheinen andere auch gehabt zu haben«, murmelte Gänslein vor sich hin und trat ein.

Im Inneren war das Gebäude zur rechten Seite komplett in sich zusammengefallen, links erschien ihm noch auffällig viel erhalten geblieben zu sein. Außer einer dicken Staubschicht, die auf allem lag, waren sogar die Möbel im Foyer noch heil geblieben. Gänslein blickte nach oben und sah, dass jedoch auch hier das Dach samt Dachgeschoss vollständig fehlte. Er ging nach links zu den Treppen. Wenn die Treppe hier noch steht, wird sicher der Keller, zu dem sie führt, auch intakt sein, dachte er sich und stieg die Stufen hinunter.

Die Treppe endete an einer Stahltür, die zur Hälfte offen stand. Mit einem lauten Quietschen öffnete Gänslein die Tür. Es dauerte eine Weile, bis sich seine Augen der Dunkelheit anpassten. Dann trat er in ein finsteres Kellergewölbe ein. Es roch muffig, an den Wänden sah er Bänke stehen. Ein Luftschutzkeller, dachte er sich und ging weiter. Am hinteren Ende des Kellers war eine zweite Stahltür. Diese Tür schien zunächst verschlossen zu sein, sie ließ sich keinen Millimeter bewegen. Gänslein ruckelte an der Klinke und stemmte sich mit seinem gesamten Körpergewicht gegen den Stahl. Nach einige Versuchen öffnete sich die Tür mit einem lauten Krachen. »Na also, geht doch«, murmelte er. »Nur verklemmt gewesen.«

Das Innere dieses Raums konnte er in der Dunkelheit nur erahnen. Mehr tastend als sehend ging er hinein. Rasch erkannte er jetzt, was in dem Keller gelagert wurde: An beiden Seiten standen Regale, die über mehrere Meter mit Flaschen gefüllt waren. »Willkommen im Weinkeller des *Hotels Rebstock*«, sagte Gänslein. »Prall gefüllt und vollständig erhalten – auch wenn niemand mehr da ist, um die Flaschen zu leeren.« Er zog seinen Rucksack vom Rücken und steckte zwei Bocksbeutelflaschen ein. Dann schulterte er die Tasche wieder und verließ den Raum. Beim Hinausgehen nahm er sich noch eine weitere Flasche mit. Als er in dem vorderen Kellergewölbe war, in dem das Licht etwas besser war, las er das Etikett: »Winzersekt Cuvée 1939, Flaschengärung – hört sich gut an. Den gibt es heute Abend zu meinem Galadinner.«

Mit einem Grinsen auf den Lippen ging er die Treppe wieder hoch. Gerade als er das Hotel verlassen wollte, hörte er eine weibliche Stimme hinter sich: »Entschuldigung, der Herr, aber kennen Sie sich hier aus?«

Gänslein drehte sich um. Auf den letzten Stufen der von oben herunterführenden Treppe stand eine elegant gekleidete Dame, die in beiden Händen je eine bestickte Reisetasche trug. Die Frau trug ein elegantes dunkelblaues Kostüm. Über ihren Schultern lag eine schwarze Pelzstola. Sie trug lederne Handschuhe sowie einen blau-weißen Hut. Ihre Lippen und Augen waren dezent geschminkt. Die grauen Haare waren mittellang, an beiden Ohren steckten Perlenohrringe.

Die Dame passte vom Äußeren überhaupt nicht in die Ruine eines zerbombten Hotels. Gänslein rieb sich die Augen, als er sie erblickte.

»Ja, eigentlich schon«, erwiderte er zögerlich und ging ein paar Schritte auf die Frau zu.

Die Dame stellte ihre beiden Taschen ab und musterte Gänslein eine Weile. Dann kam sie ihm mit einem sympathischen Lächeln entgegen. »Ach, wie schön«, sagte sie und hielt ihm ihre rechte Hand hin. »Guten Tag, mein Name ist Henriette Kerstan.«

Er sah sie jetzt etwas besser. Mit den grauen Haaren und den Falten um die blauen Augen schätzte er die Frau auf etwa Anfang 60. Trotz des Chaos der letzten Tage war sie gepflegt, und ihr Kleid war sauber. Lediglich die schwarzen Schuhe waren etwas verstaubt. Gänslein wischte sich die rechte Hand am Hosenbein ab, ergriff sanft die Hand von Frau Kerstan und machte eine angedeutete Verbeugung. »Grüß Gott! Walter Gänslein«, erwiderte er. »Wie die kleine Gans.«

Frau Kerstans Lächeln wurde breiter. »Wie schön«, sagte sie erneut. »Ein Mann mit Anstand in dieser Hölle. Einer, der statt diesem schrecklichen ›Heil Hitler‹ auch normal grüßen kann.« Ihre Augen leuchteten jetzt strahlend blau. Dann blickte sie auf die Sektflasche in seiner linken Hand. »Und ein gutes Händchen bei der Auswahl der Getränke scheinen Sie auch zu haben.«

Unschlüssig sah Gänslein auf die Flasche. »Bei all der Zerstörung in der Stadt ist der Weinkeller dieses Etablissements vollständig erhalten geblieben«, sagte er. »Da dachte ich mir: wäre doch schade. Dass ich allerdings die Flasche in Gesellschaft einer wunderschönen Dame, wie Sie es sind, leeren werde, hatte ich so nicht erwartet.«

Kaum dass er den Satz beendet hatte, war Gänslein über sich selbst überrascht. So hatte er seit gut 40 Jahren nicht mehr eine Frau angesprochen. Einer ihm fremden Person in dieser Umgebung das Angebot zu machen, gemeinsam gestohlenen Alkohol zu trinken? Seine Wangen wurden rot und er blickte beschämt zu Boden.

»Ich sehe das als nette Einladung an, Herr Gänslein«, entgegnete Frau Kerstan kichernd. »Ich fürchte jedoch, dass die aktuellen Umstände hier nicht gerade dienlich sind.«

»Sie haben recht«, sagte Gänslein leise. »Bitte entschuldigen Sie mir meine Direktheit. Normalerweise bin ich eher ein zurückhaltender Mensch. Aber was ist heutzutage schon normal?«

Frau Kerstans Lächeln verschwand. Mit besorgtem Gesichtsausdruck nickte sie zustimmend.

»Sei es drum. Wie kann ich Ihnen helfen?«, fuhr Gänslein fort.

»Nun ja, ich wollte eigentlich um Hilfe fragen, wie man aus dieser Stadt herauskommt«, antwortete Frau Kerstan zögerlich. »Ich hatte beabsichtigt, nach Randersacker zu reisen, um Tod und Zerstörung zu entkommen. Dass ich dann genau am Freitagabend vor diesem schrecklichen Bombenangriff hier ankomme, war so nicht geplant.«

Gänslein sah ihr lange nachdenklich in die Augen. Er fragte sich, welches Schicksal die elegante Dame vor ihm in den letzten Stunden und Tagen erlebt hatte. Wie kam es, dass sie allein, in gepflegtem Äußeren, hier in einem nicht mehr existierenden Hotel war? Er blickte auf seine Armbanduhr. »Es ist jetzt 18 Uhr«, sagte er schließlich. »Bald wird es dunkel. Es wäre sinnlos, sich zu Fuß auf den Weg aus der Stadt raus zu machen. Ich würde es Ihnen zumindest nicht raten. Zu viel Gesindel treibt sich derzeit in dunklen und zerstörten Straßen herum. Wenn Sie es wünschen, kann ich Sie zur *Missio*-Klinik begleiten. Da gibt es zwar hilfsbereite Menschen – dem Tod und der Zerstörung, wie Sie es sagen, werden Sie dort allerdings nicht entkommen. Es tut mir leid, aber ich fürchte, dass ich Ihnen daher nur schwer helfen kann.«

Frau Kerstan machte einen tiefen Seufzer. »Sie haben recht. Sich in der Finsternis auf den Weg zu machen, wäre falsch«, erwiderte sie leise. Nachdenklich sah sie ihn an. Beschämt wich Gänslein ihrem Blick aus. »Sind Sie eigentlich Würzburger?«, fragte sie nach einer Weile.

»Ich lebe seit etwa 50 Jahren in der Stadt«, antwortete Gänslein. »Aber mein Zuhause gibt es seit zwei Tagen nicht mehr. Ich bin daher wohl genauso orientierungslos, wie Sie es sind.«

Sie schüttelte frustriert den Kopf. Dann zeigte sie wieder ihr heiteres und reizendes Lächeln. »Wissen

Sie was? Sie kommen jetzt mit mir hoch in den ersten Stock. Vielleicht kann *ich* sogar *Ihnen* helfen. Die Flasche nehme ich Ihnen schon mal ab. Wenn Sie mein Gepäck tragen könnten?«

Wie selbstverständlich griff sie sich die Flasche und ging die Stufen hoch. Die Taschen ließ sie liegen.

Auf halber Strecke drehte sie sich nochmals um. »Nun kommen Sie doch, Herr Gänslein«, sagte sie mit leisem Kichern.

Mit offenem Mund kurz nickend, erwiderte Gänslein die Aufforderung. Er griff sich die beiden Taschen der Frau Kerstan und folgte ihr die Treppe hoch.

Das erste Stockwerk war auf der rechten Seite komplett in sich eingestürzt. Auf der linken Seite zur West- und Nordseite waren drei Zimmer teilweise zerstört. Einzelne Wände fehlten hier. Die beiden Zimmer zur Front erschienen jedoch intakt. Die Türen waren geschlossen, und der jeweilige Zimmerschlüssel steckte im Schloss.

Frau Kerstan öffnete das Zimmer mit der Nummer drei. »Wenn Sie mir das Gepäck einfach auf den Boden stellen?«, sagte sie jetzt und ging in den Raum. »Ich erwarte Sie dann in einer Viertelstunde. Das Zimmer nebenan mit der Nummer vier dürfen Sie als das Ihrige betrachten.«

Gänslein öffnete die Tür des ihm zugewiesenen Zimmers. Außer einem Riss im Putz der rechten Wand konnte er auf den ersten Blick keine Schäden feststellen. Er ging durch den Raum und sah sich um. Das Bett war benutzt, daneben stand ein Stuhl, über dessen Lehne die schwarze Uniformjacke eines Sturmbannführers der SS hing. Er zog das eigene Jackett aus und streifte sich die fremde Uniform über. »Passt zwar leidlich«, sagte er, als er die Arme ausstreckte, »fühlt sich aber nicht gut an.« Dann entledigte er sich der Jacke und schmiss sie achtlos aufs Bett. Er ging zu der Kommode an der gegenüberliegenden Wand, auf der ein Krug, eine Waschschüssel, Seife und Rasierzeug standen. Er nahm den mit Wasser gefüllten Krug und füllte zunächst seine Feldflasche aus dem Rucksack auf. Dann goss er etwas Wasser in das Becken. Er zog Weste und Hemd aus, seifte sich ein und rasierte sich. »Endlich wieder sauber, endlich wieder wie ein menschliches Wesen aussehen«, murmelte er vor sich hin, betrachtete sich im Spiegel und kämmte sorgfältig sein graues Haar. Dann öffnete er das Schubfach der Kommode. Ordentlich zusammengefaltet und gebügelt fand er blütenweiße Unterwäsche. Er tauschte seine eigene gebrauchte gegen frische Wäsche und stopfte anschließend den gesamten verbliebenen Stapel aus der Schublade in seinen Rucksack.

Jetzt zog Gänslein Hemd und Weste wieder an, schüttelte den Staub aus seinem Jackett, hängte es sich über und betrachtete sich erneut im Spiegel. »Für einen Mann in meinem Alter habe ich mich doch ganz gut gehalten. Früher hatte ich auch kein Problem, den Abend mit Frauen zu verbringen. Warum sollte das jetzt anders sein, nur weil ein paar Jahrzehnte vergangen sind?«, sagte er grinsend zu seinem Spiegelbild. Er verließ das Zimmer und klopfte bei Frau Kerstan an.

Gänslein war überwältigt, als er den Raum betrat. Außerhalb dieses Zimmers lag die Welt in Trümmern, und hier wurde er von einer attraktiven Frau empfangen, die auf einem sauberen Bett saß und ihn mit einem breiten Lächeln auf rot geschminkten Lippen empfing. Stola, Hut und Jacke des Kostüms hatte sie mittlerweile abgelegt. Sie winkte mit der Flasche, die sie zuvor Gänslein abgenommen hatte. »Wenn Sie bitte entkorken?«, hauchte sie ihm zu. »Ich habe sogar noch zwei Gläser gefunden.«

Gänslein ging lächelnd näher, beugte sich zu ihr vor und griff sich die Flasche. Jetzt konnte er auch Frau Kerstans Parfum riechen. Er wusste nicht, wann er das letzte Mal einer Frau so nahe gekommen war, dass er sie bewusst hatte riechen können. Gänslein klemmte die Flasche mit den Oberschenkeln ein und zog kräftig am Korken. Nach einem lauten *Plopp* lief etwas Sekt aus der Flasche. Rasch füllte er zwei Weingläser mit dem schäumenden Getränk. Dann reichte er Henriette ein Glas.

Sie stießen an. »Auf uns!«, begann er. »Auf Sie, auf mich und auf bessere Zeiten.«

»Auf uns!«, erwiderte Frau Kerstan.

Beide tranken sie einen Schluck.

»So, und nun setzen Sie sich doch, Herr Gänslein«, sagte Frau Kerstan und wies mit der Hand auf den Stuhl neben ihrem Bett. »Erzählen Sie von sich. Was ist Ihr Beruf? Wie alt sind Sie?«

Gänslein nahm einen weiteren Schluck. Der Sekt schmeckte köstlich. »Nun, ich bin vor 75 Jahren in Kolbermoor bei Rosenheim geboren und war vor meiner Pensionierung Staatsanwalt hier in Würzburg.«

»75 Jahre«, erwiderte Frau Kerstan erstaunt. »Das glaube ich nicht! Ich hatte Sie auf Anfang 70 geschätzt, also etwa mein Alter.«

»Sie sind niemals 70, Frau Kerstan, vielleicht 60, höchstens 65 Jahre alt.«

»Jetzt schmeicheln Sie mir, Herr Gänslein, aber ich bin tatsächlich 69 Jahre alt. Seit zehn Jahren bin ich Witwe. Ich habe drei Söhne zur Welt gebracht und zähle mittlerweile fünf Enkelkinder.«

Gänslein meinte, kurz einen Anflug von Trauer auf ihrem Gesicht zu erkennen. Dann setzte sie jedoch wieder rasch ihr strahlendes Lächeln auf. »Sind Sie denn verheiratet?«, fragte Henriette. »Haben Sie Familie?«

»Geschieden«, erwiderte Gänslein trocken. »Und Kinder waren uns nicht vergönnt.«

»Geschieden? Das ist ungewöhnlich. Entschuldigen Sie meine Indiskretion, aber darf ich fragen, warum?«

Gänslein zögerte etwas, dann fuhr er fort. »Frieda, meine damalige Frau, hat mich vor mehr als 40 Jahren verlassen. Ich hatte damals einen Fehler begangen und eine kurze, aber heftige Affäre mit unserer Hausangestellten gehabt, die leider nicht ohne Folgen blieb. Sie wissen, was ich meine?«

Henriette nickte.

Gänslein errötete. »Frieda konnte und wollte es nicht akzeptieren. Zuerst schmiss sie unser schwangeres Hausmädchen raus. Dann war ich nicht mehr erwünscht. Unsere Ehe war erledigt. Frieda war stur. Ich war arrogant und selbstverliebt. Die Scheidung war schließlich auch von mir gewünscht. Und danach …«, nachdenklich rieb er sich das Kinn, bevor er fortfuhr, »… danach bin ich Junggeselle geblieben – kinderlos und ohne Gattin.«

Er fragte sich jetzt, warum er einer ihm fremden Frau dies alles erzählte. Aber warum sollte er schweigen oder lügen? Er fühlte sich wohl in Henriettes Gesellschaft. Es gab keinen Grund, ihr etwas vorzumachen. Dafür waren sie beide zu alt.

»Sie sagten, dass Sie kinderlos geblieben sind«, fuhr Henriette zögerlich nach einer Weile fort. »Aber was wurde aus dem Kind des Hausmädchens?«

Unsicher sah Gänslein in ihre blauen Augen. »Viel weiß ich nicht«, antwortete er leise. »Frieda hat Emilia, so hieß das Mädchen, Geld gegeben, um die Affäre zu vertuschen. Dann sah und hörte ich nichts mehr von ihr. Erst Jahre später, mitten im Ersten Weltkrieg, erhielt ich einen Brief von ihr. Ich konnte den Inhalt zunächst nicht verstehen. Er war voller Hass. Sie beschimpfte mich und alle deutschen Männer als Verbrecher. Wir seien eitle Kriegstreiber ohne Anstand. Sie hasse mittlerweile ihr Vaterland und sei froh, noch vor der Geburt ihres Sohnes Johann in die Vereinigten Staaten von Amerika emigriert zu sein, nachdem sie mit ein paar Geldscheinen von uns – also von Frieda, meiner geschiedenen Frau – abgespeist worden war.«

»Johann? Ist das Ihr gemeinsamer Sohn?«, fragte Henriette nach.

»Ja, so scheint es«, erwiderte Gänslein. »Sie schrieb, dass sie zwei Söhne habe. Sie war mit Johann schwanger, als sie emigrierte. Drei Jahre später kam dann der jüngere Wilhelm zur Welt. Wilhelms Vater oder einen Ehemann erwähnte sie nicht.«

»Warum schrieb sie Ihnen erst so spät, also etwa 20 Jahre nach dem Ereignis?«

»Es war während des Ersten Weltkriegs. Ich denke, dass sie sich von ihrer deutschen Vergangenheit lossagen wollte und dies in irgendeiner Art und Weise mitteilen wollte.«

»Und Sie, Herr Gänslein?«, fragte Henriette nach.

»Was meinen Sie?«, erwiderte er.

»Ja, wollten Sie nicht mehr über Ihren Sohn erfahren? Haben Sie auf den Brief geantwortet?«

Gänslein biss sich auf die Lippe. »Nein, das habe ich nicht«, flüsterte er zögernd. »Es war Krieg, und genau wie heute war der Amerikaner unser Feind. Später habe ich die Sache dann verdrängt. Vielleicht … vielleicht … vielleicht hatte ich auch ein schlechtes Gewissen.«

Zu Gänsleins Erleichterung nickte Henriette verständnisvoll. Sie dachte eine Weile nach, dann fuhr sie mit einem breiten Lächeln auf den Lippen fort: »Wissen Sie was? Hören wir auf, über das Schlechte aus der Vergangenheit zu reden. Trinken wir lieber noch mal.« Auffordernd hob sie ihr Glas hoch.

Erneut prosteten sie sich zu. Sie tranken, bis die Gläser leer waren.

»Frau Kerstan, darf ich fragen, warum Sie hierher, nach Würzburg, in dieses Hotel gekommen sind?«, fragte Gänslein, während er nachschenkte.

»Henriette, bitte nennen Sie mich Henriette, sonst fühle ich mich noch älter«, erwiderte sie, ohne auf seine Frage einzugehen. »Ich darf doch auch Walter sagen, oder? In einer so unmenschlichen Umgebung wie der draußen außerhalb dieses Zimmers kommt man sich rasch näher.«

»Ich bitte darum, Henriette«, erwiderte Gänslein lächelnd und prostete ihr erneut zu.

Die Flasche Sekt hatten sie rasch geleert. Gänslein erzählte viel aus seinem beruflichen Leben: den Fällen, die er zu lösen hatte, den beruflichen Erfolgen, aber auch den Missgeschicken, die ihm dabei unterliefen, und wie und warum es ihn nach Würzburg gezogen hatte. Henriette hörte ihm zu und amüsierte sich über Gänsleins Geschichten. Sie selbst berichtete eher weniger von sich. Nur, dass sie eigentlich aus Frankfurt war und mit einem Bankier verheiratet gewesen war. Sie schien schon in eine wohlhabende Familie hineingeboren worden zu sein, war gut vernetzt und verkehrte in den besten gesellschaftlichen Kreisen. Sie war nach Würzburg gekommen, da sie ihre Cousine in Randersacker bei Würzburg besuchen wollte – auch, um auf dem Land und weit weg vom großen Frankfurt Schutz zu suchen.

Den gemeinsamen Abend genossen beide. Sie kicherten und alberten herum wie Jugendliche. Nachdem die erste Sektflasche geleert war, holte Gänslein aus seinem Rucksack eine Weinflasche und etwas Wurst. Nach der Mahlzeit, beim Trinken der zweiten Flasche, kamen sie sich näher. Irgendwann saßen sie im Kerzenlicht gemeinsam auf Henriettes Bett. Unbewusst – oder doch gesteuert? – kam es zur ersten Berührung der Hände. Wenig später folgte der erste Kuss.

Als die Kerze langsam zur Neige ging und Dunkelheit drohte, erhob sich Gänslein. »Liebe Henriette, es war ein wunderschöner Abend mit dir, aber gleich nebenan wartet mein Zimmer auf mich. Ich fürchte, dass ich jetzt …«, begann er.

»Nein, Walter, bitte bleib«, unterbrach sie ihn und hielt ihn am Ärmel fest. »Ich … ich habe Angst allein im Dunkeln«, sagte sie leise und blickte im Kerzenlicht hoch zu ihm. »Bitte bleib hier bei mir. Ich möchte nicht noch eine Nacht voller Furcht verbringen.«

Gänslein sah lange in die Augen der für ihn zu diesem Zeitpunkt schönsten Frau der Welt. »Möchtest du das wirklich?«, fragte er nach.

»Ja, bitte! Walter, bleib bei mir«, antwortete sie und nickte.

Gänslein beugte sich vor und küsste sie lang und intensiv auf den Mund.

Schließlich ließen sie einander los.

Sie zogen sich aus und legten sich ins Bett – Gänslein auf den Rücken, Henriette auf die Seite. Statt eines Kopfkissens benutzte sie seine linke Brust. Sie legte ihr linkes Bein auf seine Beine und schmiegte sich eng an ihn. Er kraulte ihr zärtlich den grauen Haarschopf und starrte selig an die Decke.

Dann erlosch die Kerze. Und beide schliefen ein.

7

Kann man sich in jemanden verlieben, wenn man 75 Jahre alt ist? Das war Gänsleins erster Gedanke, als er am nächsten Morgen aufwachte. »Ja, das kann man«, murmelte er leise vor sich hin, seine eigene Frage beantwortend.

Obwohl er nur geflüstert hatte, schien er Henriette geweckt zu haben. Sie streckte sich im Bett. »Guten Morgen, Walter«, sagte sie und gähnte dabei.

»Guten Morgen, Henriette. Hast du gut geschlafen?«

»Sehr gut!«, erwiderte sie und drehte sich auf die Seite zu ihm. Sie blies eine Haarsträhne aus ihrem Gesicht. Dann musterte sie ihn vom Scheitel bis zum Bauch, dort wo die Bettdecke über ihm lag. »Was für ein fescher Kerl du bist«, sagte sie.

Gänslein musste nun lachen. »Das hat seit etwa 50 Jahren niemand mehr zu mir gesagt.«

»Dann hast du eben nur dumme Frauen in deiner Nähe gehabt. Du bist ein schöner und stattlicher Mann – egal, wie alt du bist.«

Gänslein drehte sich zu Henriette. Er streichelte ihre Wange und sah ihr dabei lange in die Augen. »Und du bist wunderschön«, flüsterte er. »Schön, bezaubernd, intelligent, witzig, charmant … hinreißend … liebevoll …«

»Scht«, unterbrach ihn Henriette und drückte ihm einen Kuss auf die Lippen. »Sag nichts, was du später bereuen wirst.«

»Aber es stimmt«, erwiderte Gänslein leise. »Es ist alles richtig. Warum habe ich dich nicht ein paar Jahrzehnte früher kennengelernt?«

»Weil es das Schicksal so wollte«, sagte Henriette und gab ihm erneut einen Kuss. »Lass uns nicht an gestern, lass uns an heute denken.«

»Du hast recht«, sagte er und strich ihr sanft eine Strähne aus dem Gesicht, um sie besser sehen zu können. »Henriette, ich möchte, dass das mit uns beiden weitergeht. So schnell wirst du mich nicht wieder los.«

Sie lächelte ihn selig an. »Ja, Walter, zumindest sollten wir es gemeinsam versuchen. Ich bin froh, in Zeiten wie diesen einen Mann wie dich an meiner Seite zu haben.«

Gänslein nickte. »Dann werde ich jetzt etwas zum Frühstück organisieren. Anschließend verlassen wir beide diesen Ort der Zerstörung, und ich bringe dich nach Randersacker. Willst du das?«

»Nichts lieber als das«, antwortete Henriette. »Und ich wünsche mir auch, dass du mit mir in Randersacker bleibst. Ich bin so froh, dass wir uns getroffen haben.«

»Dann bleib hier und warte auf mich. Ich bin gleich wieder da«, erwiderte er mit breitem Lächeln. Schwungvoll stand er auf und zog sich an. Nichts tat ihm mehr weh. Das Leid, die Schmerzen, die Hoffnungslosigkeit und Skrupellosigkeit, die er die Tage zuvor hatte erleben müssen, waren verschwunden. Obwohl die Welt um ihn herum in Trümmern lag, fühlte er sich sorglos, glücklich und zufrieden.

Ihr gemeinsames Frühstück war Wasser aus Gänsleins Feldflasche, etwas Zwieback und ein paar eingelegte Zwetschgen, die er am gestrigen Tag in einer Küche gefunden hatte.

Nachdem sie sich beide angezogen hatten, verließen sie das Hotel. Gänslein trug Henriettes Reisetaschen. Er bestand darauf, ihr die Last des Tragens abzunehmen. Die Glückshormone in seinem Körper bewirkten, dass er sich jung und stark wie seit etwa 30 Jahren nicht mehr fühlte. Henriette stimmte lächelnd zu und schnallte sich dafür den Rucksack um.

So gingen sie die Neubaustraße hinab bis zum Main. Ihr Plan war, am Fluss entlang bis nach Randersacker zu gehen, in der Hoffnung, dass der sonst immer so ruhige und beschauliche Weinort nicht von den Bomben der Alliierten zerstört worden war. Sie freuten sich auf die neue – die gemeinsame – Zeit.

Noch bevor sie die Stadt verlassen konnten, wurde ihr Plan zunichtegemacht.

Schon aus der Entfernung schienen die beiden ihnen entgegenkommenden Gestalten mehr Knaben als Männer zu sein. Sie waren von schmächtiger Statur und trugen schwarze Jacken, die ihnen viel zu groß waren.

»Ich glaube, wir sollten besser umkehren«, begann Henriette und blieb stehen.

Gänslein stellte die beiden Taschen ab und warf einen

genaueren Blick auf die zwei sich nähernden Gestalten. Sie waren noch etwa 20 Meter von ihnen entfernt. Jetzt sah er die rot-schwarz-rote Armbinde mit dem weißen Schriftzug des Volkssturms am linken Oberarm. Jeder der beiden trug ein Karabinergewehr.

»Henriette, ich bitte dich«, erwiderte Gänslein gelassen. »Das sind Kinder. Sollen wir vor Knaben davonrennen?«

Obwohl er selbst auch kein gutes Gefühl hatte, wollte er sich vor seiner Begleitung keine Blöße geben.

»Ja, richtig. Das sind Kinder, aber es sind Kinder mit Waffen«, flüsterte Henriette und stellte sich instinktiv hinter Gänslein.

Die beiden Jungen gingen direkt auf Gänslein und Henriette zu.

Beide waren sie gut einen Kopf kleiner als Gänslein. Einer der beiden war blond und hatte eine schwarze Mütze auf, der andere hatte braunes Haar. In seinem Gesicht leuchteten rote Pickel auf Stirn und Nase.

»Heil Hitler!«, schrien sie beide synchron.

»Heil Hitler«, erwiderte Henriette leise.

Gänslein schwieg. Er betrachtete den blonden Jungen genauer. Jetzt war er sich sicher. Der Ruß im Gesicht war weg, aber er erkannte ihn dennoch. Es war der Hitlerjugend-Pimpf, der ihn in der Bombennacht auf der Mainbrücke wegen Zersetzung der Wehrkraft erschießen wollte. Gänslein fluchte innerlich. Jetzt hatte der gleiche Junge die Waffe in der Hand, die er vor drei Tagen auf der Mainbrücke so gerne benutzt hätte.

Und auch der Pimpf schien ihn wiederzuerkennen. Er betrachtete Gänslein intensiv, dann ging er zwei Schritte näher auf ihn zu. Er nahm seinen Karabiner in Anschlag und richtete den Lauf auf ihn. »Theo, ich kenn den Opa hier«, sagte er, ohne sich umzudrehen. »Er hat schlecht über die Wehrmacht gesprochen und den Endsieg infrage gestellt. Ich kann mich ganz genau erinnern. Soll ich ihn erschießen?«

Gänslein versuchte, die Fassung zu bewahren, während Henriette einen Schreckensseufzer von sich gab und sich entsetzt die Hand vors Gesicht legte.

Theo, der Junge mit den Pickeln, trat nun ebenfalls näher und betrachtete Gänslein. Er schien etwa zwei Jahre älter als sein Begleiter zu sein. Seine Stimme war tiefer, und er war etwas größer als sein blonder Freund.

»Warte, Herbert, mein Vater hat gesagt, dass jeder deutsche Mann wichtig sein kann«, erwiderte Theo. »Name? Geburtsort und Beruf?«, fragte er jetzt.

»Walter Gänslein, Kolbermoor in Oberbayern, ehemaliger Staatsanwalt«, antwortete dieser zögerlich.

Herbert schien währenddessen Probleme zu haben, die schwere Waffe hochzuhalten. Mühsam hielt er sie im Anschlag. Seine Arme begannen zu zittern. »Soll ich jetzt?«, fragte er erneut.

»Und wer ist die Frau?«, fragte Theo nun Henriette, ohne auf seinen Freund einzugehen.

»Das ist eine gute Freundin von mir, Henriette Kerstan aus Frankfurt am Main«, übernahm Gänslein das Antworten.

»Theo, was ist jetzt?«, quengelte Herbert.

Der ältere Junge mit den Pickeln ging zu ihm und drückte den Gewehrlauf nach unten. »Stell die Waffe ab, aber bleib in Alarmbereitschaft«, sagte er und nahm seinen eigenen Karabiner von der Schulter.

Sowohl bei Herbert als auch bei Gänslein hörte man ein Aufatmen.

Theo warf indessen einen Blick auf die beiden Reisetaschen. »Ihr wolltet wohl die Stadt verlassen, hä? Euch aus dem Staub machen, oder? Vor dem Feind fliehen?« Dann ging er auf Gänslein zu und spuckte ihm ins Gesicht. »Du Feigling! Du Vaterlandsverräter!«, sagte er.

Bebend vor Zorn wischte sich Gänslein Theos Speichel vom Gesicht. »Wie kannst du Rotzlöffel es wagen?«, schleuderte er ihm entgegen und holte mit der rechten Hand aus. »Ich werde dir gleich mal Manieren beibringen, du …«

»Lass gut sein, Walter«, ging nun Henriette dazwischen und zog Gänslein fest am Arm zurück. »Bitte beherrsche dich, denk an mich.«

Mittlerweile wurde Gänslein wieder von Herbert ins Visier genommen. »Habe ich doch gesagt, dass das ein sturer Opa ist. Der ist es nicht wert zu leben, Theo. So glaub mir halt.«

»Hörst du mir eigentlich zu?«, wies ihn nun Theo zurecht. »Nimm die Waffe runter und halt den Mund. Durchsuche lieber mal die beiden Taschen da.«

Herbert nickte folgsam. Er schulterte das Gewehr, bückte sich, öffnete und wühlte durch die Taschen, während ihn Gänslein und Henriette argwöhnisch dabei beäugten.

»Und was ist drin?«, fragte Theo.

»Weiberklamotten«, antwortete Herbert. »Und etwas Schmuck.«

Theo nickte. »Steck dir alles, was wertvoll ist, in die Jackentaschen. Den Rest kannst du in den Main schmeißen.«

Hastig schob sich Herbert ein paar Schmuckketten, Armreifen und ein Portemonnaie in die Jackentasche. Dann griff er sich die Reisetaschen und machte sich auf den Weg in Richtung Main.

»Meine ganze Kleidung!«, rief Henriette.

Gänslein eilte Herbert hinterher. »Halt, wie kannst du nur? Bleib hier! Das ist Eigentum von …«, sagte er, als er einen heftigen Schmerz in seinem Nacken spürte.

Theo hatte ihm mit dem Gewehrkolben einen kräftigen Schlag versetzt.

Gänslein begann zu taumeln. Ihm wurde schwarz vor Augen.

Henriette eilte zu ihm und stützte ihn. »Lass gut sein, Walter«, sagte sie und blickte voller Hass auf Theo.

Mit schmerzverzerrtem Gesicht rieb sich Gänslein den Nacken. »Verbrecher«, flüsterte er kaum hörbar. »Gesindel und Verbrecher.«

»Du kannst gleich noch einen Schlag bekommen, Opa«, sagte Theo mit zynischem Grinsen und hielt ihm den Gewehrkolben vors Gesicht. Gleichzeitig hörten und sahen Gänslein und Henriette, wie Herbert die beiden Taschen in den Main warf.

»So, und nun ist es genug«, fuhr Theo fort. »Ich verpflichte dich, Herr Walter Gans, ab sofort deinen Dienst am Vaterland zu leisten, und rekrutiere dich somit für den Volkssturm. Du bist verpflichtet, mir und Herbert zu folgen. Wir bringen dich nun in die Kaserne. Jeder Fluchtversuch führt zur sofortigen Erschießung. Haben wir uns verstanden?«

Gänslein rieb sich weiter den Nacken und schüttelte nur den Kopf.

»Ob wir uns verstanden haben!«, schrie Theo und holte mit dem Gewehr aus.

Gänslein sah betreten auf Henriette. Hätte er sie nicht am Abend zuvor kennengelernt, wäre ihm das alles egal gewesen. Der pickelige Knabe hätte ihn erschlagen, erschießen, erhängen, ersäufen oder was auch immer mit ihm machen können. Aber so stand Henriette an seiner Seite. Er wollte bei ihr bleiben, oder sie zumindest so schnell wie möglich, sobald dieser ganze Irrsinn vorbei sein würde, wiedersehen. Jetzt war er sich sicher: Er hatte sich in sie verliebt. »Ja, verstanden«, antwortete er daher zerknirscht.

Henriette nickte traurig.

»Gut, dann Abmarsch«, sagte Theo. »Lass uns zur Kaserne gehen«, sagte er zu dem mittlerweile wieder zurückgekommenen Herbert.

Mit ihren Gewehren schubsten sie Gänslein vor sich her.

»Henriette?«, fragte er verzweifelt und drehte sich zu ihr um. »Was wird aus uns?«

Die Frau, die er erst am Abend zuvor kennengelernt, aber jetzt nicht mehr missen wollte, stand einsam mit seinem Rucksack auf den Schultern und sah, wie zwei Knaben des Volkssturms einen 75-jährigen Mann wie Vieh vor sich hertrieben. »Wir sehen uns wieder, Walter«, rief sie ihm hinterher. »Ich warte auf dich. Ernestine Karrer in Randersacker. Hast du das verstanden? Erni Karrer, Randersacker. Bei ihr wirst du mich finden.«

»Erni Karrer, Randersacker«, wiederholte Gänslein leise Henriettes Worte. Dann schüttelte er den Kopf. »Ich gehöre nicht hierher – eigentlich schon lange nicht mehr«, murmelte er und stolperte nach vorne.

»Auf geht's, Opa!«, rief Theo und stieß ihm seinen Gewehrlauf in den Rücken. »Weiter, weiter, der Feind wartet nicht.«

8

Die Kaserne, in die man Gänslein gebrachte hatte, war nichts anderes als ein eilig aufgebautes Zeltlager auf dem Galgenberg, dem Hügel östlich der Würzburger Innenstadt.

Hier versammelte man die zum Volkssturm verpflichteten alten Männer wie ihn. Manche waren fanatische Nationalsozialisten, viele aber auch Säufer und Landstreicher. Zu ihnen gesellten sich Hitlerjugend-Pimpfe. Es waren zwölf- bis 16-jährige Knaben aus den Gemeinden und Dörfern der Umgebung oder aus der Stadt selbst, welche das Glück hatten, die Bombardierung überlebt zu haben.

Alle gemeinsam sollten sie für den Häuserkampf ausgebildet werden. Sobald jeder Mann, ob Knabe oder Greis, registriert war, bekam er die schwarze Uniformjacke mit dem rot-schwarz-roten Armband des Volkssturms. Kampferfahrene Soldaten in Wehrmachtsuniform gab es nur wenige, und diese wirkten nach den langen Kriegsjahren müde und kraftlos.

Sinn und Zweck war, alles zu versammeln, was männlich war und eine Waffe halten konnte. Was dann folgte, waren Waffenkunde, Schießtraining und die Eingruppierung in kleinere Kampftruppen. So wollte man dem Feind entgegentreten, ihn am Vormarsch hindern und auf den versprochenen Endsieg hoffen.

Oberbürgermeister Theo Memmel war für die Rekrutierung der Männer verantwortlich, Kampfkommandant Oberst Wolf für deren Ausbildung, Ausstattung und Führung. Gauleiter Hellmuth sollte letztendlich für die ideologisch rechte Gesinnung und Einstellung sorgen.

Am Vormittag des 28. März, genau zehn Tage nach der letzten Unterredung dort, trafen sich in Hellmuths Villa erneut die drei Männer, welche auf Befehl Adolf Hitlers die Schlacht um Würzburg nicht nur führen, sondern auch gewinnen mussten.

»Nehmen Sie Platz, meine Herren«, begrüßte Hellmuth den Oberbürgermeister und den Oberst.

Mittlerweile trug auch Memmel die schwarze Uniform des Volkssturms. Den Anzug hatte er abgelegt.

Wolf und Memmel begrüßten den Gauleiter mit einem kurzen, aber lauten »Heil Hitler«. Dann setzten sie sich auf die gleichen Ledersessel wie zuletzt. Zu ihrer Verwunderung saß auf einem Stuhl vor dem Sekretär im Salon eine junge Frau mit einem Schreibblock.

»Sie entschuldigen bitte die Anwesenheit von Fräulein Magert«, fuhr Hellmuth fort, der die Blicke der beiden anderen bemerkt hatte. »Aber ich hätte dieses Mal unser Treffen gerne dokumentiert.«

»Kein Problem«, erwiderte Memmel.

Wolf nickte.

»Gut, dann fangen wir mit Ihren Berichten an«, sagte Hellmuth und ließ sich auf das Sofa plumpsen. Das überlebensgroße Bild des Führers wachte über ihn, während er die Brille abnahm und deren Gläser zu putzen begann. »Herr Oberbürgermeister, wie viele Männer stehen bereit?«

»Etwa 3.500 bewaffnete Männer, darunter sind mehr als die Hälfte Zivilisten«, antwortete Memmel.

»Das heißt Polizisten, Feuerwehrmänner und Sanitäter?«, fragte Hellmuth nach, ohne hochzublicken.

»Davon sind es nicht mehr als 150«, erwiderte Memmel. »Dies hatte ich Ihnen aber schon vorletzten Sonntag so angekündigt. In der Kaserne warten derzeit vor allem Hitlerjugend-Pimpfe und ältere, nicht eingezogene Männer wie ich, die für den Volkssturm rekrutiert wurden.«

Der Gauleiter blickte kurz hoch. »Gut so, das sind alles willige Kämpfer mit der richtigen Gesinnung. In einem Krieg wie diesem gibt es keine Zivilisten.«

Wolf atmete tief durch. »Das heißt, dass Stand heute bei etwaigem Eintreffen der 42. Division der Amerikaner 3.500 Männer auf mindestens 5.000 Infanteristen treffen würden. Hinzu kommt die Ausrüstung. Wir haben aktuell sieben Panzer und zwei Flugabwehrgeschütze. Die Amis verfügen über das Zehn- bis Zwanzigfache dessen, und ihre Haubitzen schießen mehr als doppelt so weit wie unsere Flak. Meine Herren, für mich bedeutet das, dass wir eine harte Nuss knacken müssen.«

»Wir sind tapfere deutsche Kämpfer, Herr Oberst. Jeder von uns ist mehr wert als zwei Amerikaner. Außerdem weiß der Feind nicht, wie viele wir sind«, sagte Hellmuth und putzte seine Brille weiter. »Alle gemeinsam werden wir treu dem Führer ergeben sein.«

Er starrte kurz nachdenklich an die Decke, dann setzte er sich die Brille auf und wandte sich an die Sekretärin. »Fräulein Magert, machen Sie eine Notiz: Noch heute soll in weißen Buchstaben ›Heil Hitler‹ auf die Mauer unter der Marienfeste geschrieben werden. So groß, dass jeder – egal wo er in der Stadt gerade steht – die Botschaft lesen kann und in seinem Glauben an den Führer bestärkt wird.«

»Und dennoch sind es nur 3.500 Männer, über die wir verfügen. Wie sieht es mit Verstärkung aus?«, fragte jetzt Memmel.

»Wir erwarten in einer Woche ein SS-Panzergrenadierregiment und ein Luftwaffenfeldregiment zur Unterstützung«, antwortete Wolf. »Das wären knapp 2.000 zusätzliche kampferprobte Soldaten.«

»Bitte, meine Herren, sehen Sie, es wird doch«, sagte Hellmuth und klatschte in die Hände.

»Das Problem, Herr Gauleiter, ist nur, dass wir ein Eintreffen der Amerikaner schon in drei bis vier Tagen erwarten. Unsere Verstärkung ist aktuell noch im Osten in Kampfhandlungen gebunden. Wir können hoffen, dass zumindest das SS-Regiment in einer Woche eintrifft. Bis dahin müssen wir jedoch den Vormarsch des Feindes bremsen«, entgegnete Wolf.

»Und was sollen wir konkret unternehmen?«, fragte Memmel.

»Wir halten den Feind auf der linken Mainseite«, antwortete Wolf. »Soll heißen, dass alle Mainbrücken spätestens am Sonntag zerstört werden müssen. Ausreichend Sprengstoff hierfür wurde bereits geordert. Das wird uns sicher zwei, wenn wir Glück haben, drei Tage bringen.«

»Und die restliche Zeit, bis die Verstärkung eintrifft?«

»Werden wir nutzen, um durch Mut, List und Tücke zu verhindern, dass der Feind Würzburg einnimmt. Wir haben 3.500 Männer, die jetzt gefordert sind, diese Aufgabe zu erfüllen.«

Memmel und Hellmuth schwiegen eine Weile nach den Ausführungen des Obersts. Dann stand der Gauleiter auf.

»Fräulein Magert, schreiben Sie mit«, begann er und bewegte sich im Zimmer auf und ab, während er diktierte. »Aufruf des Gauleiters des Gaus Mainfranken, Doktor Otto Hellmuth: Volksgenossen, die Lage ist ernst, aber keineswegs hoffnungslos! Die Führung trifft alle Maßnahmen, die die Lage erfordert. Die Stunde unserer Bewährung ist gekommen! Wer nur eine Sekunde seine Pflicht vergisst, ist Verräter an der Sache des Volkes. Feiglinge sind rücksichtslos zu beseitigen! In unseren Herzen darf nur noch der Hass und der Wille zu entschlossenem Widerstand Platz haben. Auch von Mainfranken soll der Gegner berichten, dass er ein entschlossenes und tapferes Volk antraf!« Er blieb stehen und blickte auf Fräulein Magert. »Haben Sie das?«

»Jawohl, Herr Gauleiter«, erwiderte sie. »Genauso, wie Sie es mir diktiert haben. Soll ich es nochmals vorlesen?«

»Nicht notwendig«, antwortete Hellmuth. »Dann leiten Sie das jetzt an das Büro weiter. Ich möchte Aushänge in der Stadt sehen. Fahrzeuge mit Lautsprechern sollen durch die Straßen fahren und meinen Aufruf verkünden. Jeder soll meine Worte lesen oder hören können.«

Dann wandte er sich an Memmel und Wolf. »Meine Herren, auf, an die Arbeit. Der Feind wartet nicht. Heil Hitler!«, rief er und schlug die Absätze seiner Stiefel knallend aneinander.

Die beiden anderen standen ruckartig auf. »Heil Hitler!«, erwiderten sie und hoben die rechte Hand. Dann verließen sie mit zackigen Schritten den Raum.

Um auch sicher zu sein, dass Memmel und Wolf die Villa verlassen hatten, wartete Hellmuth, bis er hörte, dass die Haustür ins Schloss fiel. Nervös knetete er seine wulstige Lippe. »Fräulein Magert, wenn Sie bitte meine Frau zu mir schicken?«, sagte er schließlich zu seiner Sekretärin.

»Sehr wohl, Herr Gauleiter«, sagte diese, klappte ihren Block zusammen und verließ ebenfalls den Raum.

Hellmuth setzte sich wieder auf das Sofa und blickte nachdenklich auf den Boden.

Nur wenige Minuten später betrat seine Frau den Salon.

»Erna, schließ bitte die Tür hinter dir«, begrüßte er seine Gattin.

Er atmete tief durch, bevor er fortfuhr. »Wir müssen handeln, Erna. Die Lage ist hoffnungslos. Die Amerikaner werden in wenigen Tagen hier sein, und das, was wir ihnen entgegenstellen können, ist lächerlich. Wir sind chancenlos. Sag den Kindern, dass sie ihre Sachen zusammenpacken sollen. Wenn sie fragen, antworte ihnen, dass wir spontan gemeinsam Urlaub in Oberbayern machen. Dich bitte ich, alle unsere Wertsachen gut und sicher in Reisetaschen zu verstauen. Wir müssen aufbrechen. Sofort! Noch heute!«

Blass sah ihn seine Frau an. »W-was … was … meinst du? Fliehen? Jetzt sofort? Vor dem Feind davonlaufen?«, stammelte sie.

Hellmuth nickte. Er rieb sich mit der rechten Hand über Nase und Mund. »Die Situation ist aussichtslos. Tu einfach, was ich dir sage. Ich bitte dich darum. Es geht schließlich auch um die Kinder.«

Stumm schüttelte sie den Kopf. Dann atmete sie ebenfalls einmal tief durch. »Gib mir Zeit bis zum Nachmittag, ja?«, sagte sie mit tränenerstickter Stimme.

Hellmuth nickte.

Am frühen Abend des gleichen Tages verließ Gauleiter Hellmuth samt Familie die Stadt, noch bevor sein Aufruf an die Würzburger Bevölkerung in der Zeitung erschienen war.

9

Der Trupp, dem Gänslein zugeteilt war, bestand aus neun Männern, soweit man die Hitlerjugend-Pimpfe überhaupt als Männer bezeichnen konnte. Angeführt wurde die Kampfgruppe von Feldwebel Hermann Sauter, einem knapp 40-jährigen Soldaten aus Pommern, der aussah, als ob er mindestens 15 Jahre älter war. Zudem schien er ein Alkoholproblem zu haben. In der Brusttasche seiner Feldjacke war immer ein kleiner Flachmann, den er gerne und häufig – auch schon in den Morgenstunden – benutzte. Als Zivilisten neben Gänslein rekrutiert wurden noch ein dicklicher Metzger aus Ochsenfurt mit Namen Volkmar Theiß sowie ein in Würzburg bekannter Tagelöhner namens Hermann Feiler. Theiß war ein fanatischer Nationalsozialist mit Glatze und schwarzem Schnurrbart. Man sah ihm zwar die Angst an, früher oder später dem Feind gegenüberzutreten zu müssen, dennoch sprach er unaufhaltsam vom Endsieg, an dem er nun selbst mitwirken durfte.

Der Tagelöhner Feiler, ein graues und faltiges Männlein, war hingegen still. Dreimal am Tag freute er sich mit einem breiten Lächeln über die regelmäßigen Mahlzeiten, die er seit seiner Rekrutierung für den Volkssturm bekommen hatte. Alles andere schien ihm egal zu sein.

Und dann waren da noch die fünf Knaben aus der Hitlerjugend, von denen drei noch nicht mal den Stimmbruch hinter sich gebracht hatten. Es waren Kinder – hineingesteckt in die viel zu großen Pseudouniformen des Volkssturms. Voller Euphorie warteten sie darauf, endlich in die Schlacht ziehen zu dürfen, um einen Feind zu töten, den sie nicht kannten.

Die Knaben waren zum Teil so jung, dass sie zu schwach waren, das Gewehr eines erwachsenen Soldaten zu halten. Also unterrichtete man sie im Bedienen von Panzerfäusten. Ein Schuss pro Waffe, mehr nicht, mit dem Nachteil, dass nach dem Abfeuern der Schütze für jedermann sichtbar war. Um die Rückstoßenergie des Geschosses zu verhindern, wurde nämlich die Sprengladung über ein am hinteren Ende offenes Rohr abgefeuert. Der hier entweichende Rückstoßstrahl und die Pulverwolke wiesen sofort auf die Stellung des Schützen hin, der somit zum leichten Ziel wurde. Die Aufgabe der Pimpfe war es daher, auf Panzer oder Mannschaftswagen zu schießen und sich anschließend so schnell wie möglich aus dem Staub zu machen und in den Ruinen zu verbergen. Kleine Menschen, die kein Gewehr halten können, laufen dafür schneller und können sich besser verstecken – so der Hintergedanke. Die alten Männer wie Gänslein bekamen die Gewehre. Sie sollten als Scharfschützen aus der Deckung heraus auf Soldaten feuern. All das brachte man dem Volkssturm in nur zehn Tagen bei.

Am Morgen des 2. April 1945, es war der Ostermontag, verließ die Behelfsarmee aus Greisen, Knaben und Säufern die provisorische Kaserne und zog in den Krieg.

Feldwebel Sauters Gruppe bezog mit drei anderen Trupps einen Beobachtungsposten zwischen Löwenbrücke und Alter Mainbrücke – nicht weit weg von Gänsleins zerstörter Wohnung. Ihre Aufgabe war es, geschützt durch eine Wand aus Sandsäcken, Feindbewegungen auf der anderen Mainseite zu erspähen, zu melden und letztendlich durch Waffengewalt den Vormarsch zu verhindern. Um den Auftrag zu erfüllen, erhielten Feiler und Gänslein jeweils 20 Patronen für ihr Gewehr. Jedem der Pimpfe wurden zwei Panzerfäuste zugeteilt. Feldwebel Sauter durfte ein fest montiertes Maschinengewehr bedienen. Metzger Theiß sollte ihn beim Nachladen unterstützen.

Als sie gemeinsam den Posten bezogen hatten, blickte Gänslein auf die andere Mainseite. Auf der Mauer, auf der die Marienfestung thronte, stand in riesigen weißen Buchstaben *Heil Hitler* geschrieben. Wie grotesk, dachte er sich. Was soll das jetzt noch bewirken? Wir sind Hitlers Kanonenfutter, um einen längst verlorenen Krieg ein paar Tage oder Wochen zu verlängern. Spätestens jetzt war ihm klar, dass er nur eine Chance hatte, diesen Irrsinn zu überleben: Er musste so schnell wie nur möglich von den US-Truppen verhaftet werden. Am besten, bevor das Gefecht begann. Während die Knaben um ihn herum sich aufgeregt unterhielten, wie und wo sie den Feind am besten töten würden, dachte er daher angestrengt nach, wie er der Schlacht entkommen könnte, ohne vorher als Deserteur enttarnt zu werden. Denn eine Sache hatte man ihnen allen mehr als nur einmal angedroht: Wer mit dem Feind zusammenarbeitet, wird erschossen! Gänslein aber wollte leben, dessen war er sich nach der Nacht mit Henriette Kerstan sicher. Er wollte leben – mehr als je zuvor.

Während Gänslein begann, sich mit seinem Trupp hinter Sandsäcken zu verschanzen, bezog die *Rainbow-Division* auf den Hügeln westlich von Würzburg Stellung. Am Tag zuvor hatten sie Wertheim verlassen, um über Hettstadt und Höchberg am Main anzukommen. Mittlerweile waren die Divisionsregimenter perfekt aufeinander eingespielt – eine gut geölte Maschinerie, die verlässlich und rasch ihre Arbeit erledigte. Die Position auf dem Nikolausberg nicht weit weg vom Käppele war ideal zum Aufbau der Artillerie. Die schweren Geschütze wurden in Position gebracht.

Dann begann die Schlacht um Würzburg.

Bevor jedoch die Granaten einschlugen, fand mitten auf dem Main eine Explosion statt. Das von Oberst Wolf georderte Dynamit war rechtzeitig eingetroffen. Um 11.30 Uhr wurde die Löwenbrücke, die flussaufwärts gesehen erste Mainbrücke Würzburgs, gesprengt. Jetzt war endgültig klar, dass sich die deutschen Truppen zur Verteidigung der Stadt auf das rechte Ufer des Mains zurückgezogen hatten.

Gänslein, schockiert von der Heftigkeit der Explosion, vermutete zunächst einen gezielten Beschuss der US-Army. Erst als die Pimpfe und Soldaten um ihn herum anfingen zu jubeln, war ihm bewusst, dass die Sprengung von der eigenen Seite aus veranlasst worden war. Man wollte den Feind am Weiterziehen hindern.

Dann werden wir uns also auf die Alte Mainbrücke konzentrieren, dachte er sich. Hier würden die Amerikaner geballt anmarschieren. Von seinem Posten aus sah er auf das Wahrzeichen der Stadt. Im 15. Jahrhundert erbaut, war die Brücke bis zum Ende des 19. Jahrhunderts der einzige Übergang über den Main. Gänslein mochte diese Brücke seit seinem ersten Aufenthalt in Würzburg: die Bögen aus Stein, die Heiligenfiguren auf beiden Seiten und der Blick über die Stadt, die Weinberge und den unter der Brücke dahinziehenden Fluss. Still hoffte er, dass das Bauwerk, welches sogar die desaströse Bombardierung zwei Wochen zuvor schadlos überstanden hatte, so weiter bestehen bleiben würde und nicht durch den drohenden Aufmarsch der Amerikaner zu sehr in Mitleidenschaft gezogen werden würde.

Seine Hoffnung wurde enttäuscht.

Kurz nach Mittag begannen Soldaten der Wehrmacht, Sprengladungen an der Luitpoldbrücke, weiter flussabwärts, zu befestigen. Wenig später erledigten sie die gleiche Aufgabe auf der Alten Mainbrücke, direkt vor Gänsleins Beobachtungsposten.

Um 16.45 Uhr befahl schließlich Feldwebel Sauter, nachdem ihm ein HJ-Pimpf etwa zehn Minuten zuvor hektisch eine Nachricht übermittelt hatte, seinem Trupp, sich die Ohren zuzuhalten und in Deckung zu gehen.

Dann geschah es. Der Lärm und die Druckwelle der Explosion ließen die Männer erschauern. Langsam und zögerlich hoben sie nach einer Weile die Köpfe und sahen auf das Ergebnis der Sprengung: Die Alte Mainbrücke war zerstört, der vierte und fünfte Brückenpfeiler zusammengestürzt.

Erneut begannen die Pimpfe zu jubeln.

Gänslein hingegen war fassungslos. »Was ist aus uns geworden?«, murmelte er leise vor sich hin, während neben ihm laut gelacht wurde. »Ein Kulturvolk, welches nicht nur andere Völker unterjocht und tötet mit der Konsequenz, dass die gesamte zivilisierte Welt sich gegen uns wendet und unsere Städte bombardiert. Nein, wir zerstören mittlerweile selbst all das, was wir seit Generationen mühsam bewahrt hatten. Bauwerke, die unsere Vorfahren erbauten, die uns wichtig und wertvoll erschienen.«

Nur wenige Minuten später wurde die Luitpoldbrücke weiter flussabwärts gesprengt. Somit waren alle drei Würzburger Mainbrücken zerstört.

Der zunächst eher zögerliche Artilleriebeschuss von der westlichen Mainseite wurde nun heftiger. Als Ziele wurden deutsche Stellungen am Ringpark, am Neuberg und am Galgenberg anvisiert.

Während die Granaten über ihre Köpfe hinwegflogen, hieß es für Gänslein und die anderen des Trupps, in Deckung zu bleiben. Ihre Aufgabe war zu warten, den Fluss zu beobachten und bei jeglichen Auffälligkeiten auf der linken Mainseite Alarm zu geben. Jeweils zwei Männer wurden eingeteilt, über jeweils zwei Stunden Wache zu halten.

Auf der anderen Mainseite nahm mit Beginn der Abendstunden die Heftigkeit des Beschusses ab. In den letzten Tagesstunden wurden Ziele für den nächsten Tag ausgemacht.

So standen auch Colonel Schmidt und Sergeant Roseman vor dem Würzburger Käppele. Sie hatten die Artilleriestellungen etwas weiter oberhalb der Kirche verlassen.

Zigaretten rauchend blickten die beiden hinab auf die zerstörte Stadt. Sie standen an der gleichen Mauer wie Gänslein in den Abendstunden des 16. April, als die Stadt bombardiert worden war.

»Sehen Sie sich das an, Sergeant«, begann Schmidt und schnippte seine Zigarette über die Mauer den Hang hinunter. »Ihr Würzburg. Einstmals war es eine der schönsten Städte Europas. Und nun? Wir haben es zerstört. Erkennen Sie es überhaupt wieder?«

»Die Brücken haben die Deutschen selbst in die Luft gesprengt. Außerdem haben die Würzburger es nicht anders verdient«, erwiderte Roseman trocken, ohne auf Schmidts Frage zu antworten.

Verwundert sah ihn der Colonel an. »Aber Sie sind selbst Deutscher, Sergeant, Sie kommen aus dieser Stadt.«

»Ich *war* Deutscher. Jetzt bin ich Amerikaner und kämpfe gegen sie«, erwiderte Roseman.

Schmidt lächelte schmallippig. »Ich hatte Ihnen doch von meiner deutschen Mutter erzählt. Sie können sich erinnern?«

Der Sergeant nickte. »Ja, das kann ich. Sie hieß Emilia Schmidt.«

»So ist es. Was ich Ihnen jedoch nicht erzählt habe, ist, dass meine Mutter genau wie Sie Würzburgerin war.«

Roseman sah verwundert auf den Colonel. »Dann haben Sie noch Verwandte hier?«, fragte er und zeigte runter auf die Ruinen der Stadt.

Schmidt schüttelte den Kopf. »Nein, zumindest nicht, dass ich es wüsste. Mutter hatte nie von ihrem Zuhause oder ihrer Familie erzählt. Es gab keinerlei Kontakt. Sie emigrierte, als sie mit mir schwanger war. Mutter war zwar nicht eine Verfolgte wie Sie, Roseman, sie muss jedoch schlimme Dinge erlebt haben. Ansonsten hätte sie nicht von heute auf morgen ihre Heimat verlassen. So bin ich als uneheliches Kind in New York geboren. Ich wurde Amerikaner und nicht Würzburger.« Schmidt klappte sein Etui auf, steckte sich eine weitere Zigarette in den Mund und zündete sie an. »Wissen Sie was, Roseman?«, fuhr er, dicke Rauchwolken ausatmend, fort. »Ich habe mich schon öfters gefragt, wie es wäre, nicht ein Colonel der US-Army zu sein, sondern als Oberst der Wehrmacht für Herrn Hitler in den Krieg zu ziehen.«

Roseman drückte seine Zigarette an der Mauer aus. »Und wie lautet die Antwort auf Ihre Frage?«

»Es gibt keine. Ich weiß es nicht, Sergeant. Vielleicht finde ich erst in ein paar Jahren eine Antwort. Dann, wenn dieser Krieg längst vorbei sein wird.« Er machte eine kurze Pause und dachte nach. »Aber zunächst gilt es, diese Schlacht zu gewinnen und weiterzuziehen«, fuhr er schließlich fort. »Je schneller, umso besser.«

Roseman nickte und sah wieder auf die Stadt hinab. »Die zerstörten Brücken werden uns bremsen, oder?«

Schmidt presste nachdenklich die Lippen aufeinander. »Es bleiben weiterhin zwei Möglichkeiten. Wir nutzen die Nacht, ziehen ohne Unterbrechung weiter und versuchen – wie auch immer –, über den Fluss zu kommen. Im Zweifelsfall schwimmen die Männer. Oder wir warten bis morgen Vormittag, damit bei Tageslicht Schwimmbrücken gebaut werden können, um dann unter zu erwartendem Dauerbeschuss der deutschen Artillerie den Angriff fortzusetzen. Das kann etwas dauern und wird zu Verlusten führen. Leider wissen wir nicht, wie gut die Wehrmacht ausgestattet ist.«

»Und? Für was haben Sie sich entschieden, Colonel?«

»Der General und ich sind uns einig. Der Angriff wird fortgesetzt, heute Nacht«, antwortete Schmidt und warf seine Zigarette über die Mauer. »Und Sie, Roseman?«, fragte er. »Die psychologische Kriegsführung nimmt sich eine Auszeit, oder?«

»Nicht unbedingt«, antwortete er mit einem verschmitzten Lächeln und zeigte mit dem Finger auf die Marienfestung links von ihnen. »Haben Sie den Schriftzug dort drüben unterhalb der alten Burg gesehen?«

Schmidt schüttelte den Kopf.

»Ich kann es Ihnen sagen«, fuhr Roseman fort. »Da steht *Heil Hitler* in riesigen weißen Buchstaben. Ich habe ein paar Männer angewiesen, das so bald wie möglich zu überpinseln und stattdessen unser Regenbogenlogo mit den Worten *42nd Infantry Rainbow-Division* auf die Mauer zu schreiben. Was halten Sie davon?«

Der Colonel lächelte ihn an. »Let's go and get some sleep. It'll be a short night«, sagte er schließlich und machte sich auf den Weg zurück zu den Stellungen der Artillerie.

10

In den frühen Morgenstunden des 3. April marschierte
Colonel Schmidt mit dem 232. Regiment die Straße hinunter bis zum Main. Auf beiden Seiten des Flusses war
es stockfinster. Ein Spähtrupp hatte zuvor neben den
Ruinen des Würzburger Rudervereins ein Boot entdeckt, welches Platz für bis zu zehn Personen bot. Ein
Teil des Platoons stieg ein. Langsam und nahezu lautlos ruderten die Infanteristen über den Fluss. Die Strömung trug sie etwas flussabwärts, bis sie am oberen
Mainkai anlegten.

In 40 bis 50 Meter Entfernung, zur gleichen Zeit, hatte
Walter Gänslein gemeinsam mit dem Tagelöhner Feiler
Wachdienst. Die HJ-Pimpfe und die anderen Männer
schliefen auf dem Boden, angelehnt an die Sandsäcke
der Befestigung ihres Beobachtungspostens.

Lautlos verließen die Infanteristen das Boot und setzten
sich mit eingezogenen Köpfen unter die Kaimauer auf
die Stufen der Anlegestelle. Dann gab der Staff-Serge-
ant der Truppe mittels Handzeichen zwei Männern das
Signal zurückzurudern, um den restlichen Teil ihres Platoons über den Main zu bringen. Dieses Mal war das Boot
zwar nahezu leer, die beiden mussten jedoch flussauf-

wärts rudern. Mühsam legten sie sich in die Riemen. Bei jedem Eintauchen der Ruderblätter spritzte Wasser auf.

Am Anfang hatte Gänslein Probleme, die regelmäßigen Plätscherlaute von den Schnarchgeräuschen einiger der Männer um ihn herum zu unterscheiden. Er blickte auf das Wasser, ohne etwas zu bemerken. Dann hielt er sich einen Fernstecher vor die Augen. Jetzt sah er das Ruderboot, welches langsam auf die linke Flussseite zusteuerte. Im fahlen Mondlicht meinte er, die Helme von zwei Soldaten zu erkennen. Kurz überlegte er, Alarm zu geben, ließ es dann jedoch bleiben. Warum sollte er seinen Trupp aufwecken, wenn Soldaten auf die linke Mainseite hinsteuerten, dorthin, wo die Amerikaner waren? Vermutlich Deserteure, die ein Boot gefunden hatten, dachte er sich. »Recht haben sie«, murmelte er vor sich hin und drehte sich um. Hinter den Ruinen der Stadt, im Osten, begann es langsam zu dämmern. Die Männer im Beobachtungsposten sowie Feiler, der eigentlich die linke Seite hätte beobachten sollen, schliefen tief und fest. Außer ihren Atemgeräuschen war nichts zu hören.

Nachdem die beiden Infanteristen den Bootssteg am Ruderklub wieder erreicht hatten, stiegen die verbliebenen Männer ins Boot. Erneut überquerten sie den Main. Sie vertäuten das Boot. Schießbereit, mit entsicherter Waffe, bewegte sich nun der Trupp aus knapp zwei Dutzend Soldaten langsam am Mainkai entlang. Ihr Ziel war, einen Brückenkopf zu errichten.

Gänslein sah, wie sich die Soldaten zögerlich in seine Richtung bewegten. Jetzt war er sich sicher: Trotz der gesprengten Brücken hatten die Amerikaner es geschafft, den Main zu überqueren. Das Ruderboot, dachte er sich – zweimal hin und zwischendurch einmal zurück. Instinktiv ging er hinter zwei Sandsäcken in Deckung und fokussierte die Gruppe. Es war mittlerweile hell genug, um neben deren Umrissen auch die Waffen in den Händen der Soldaten zu erkennen. Dann warf er erneut einen Blick auf die schlafenden Männer und Knaben seines Trupps. Sollte er Feldwebel Sauter wecken? Wahrscheinlich würde eine schnelle Salve mit dem Maschinengewehr ausreichen, um die gesamte Vorhut der Amerikaner zu vernichten.

Dann traf er eine Entscheidung.

»Nein! Einen Teufel werde ich tun«, flüsterte er schließlich. Langsam, ohne Waffe und mit erhobenen Händen, stand er auf.

Sobald ihn die Soldaten erblickten, zielten sie auf ihn. Gänslein indes senkte bedächtig die rechte Hand und hielt den ausgestreckten Zeigefinger vor seinen Mund. Dann wies er mit dem Kinn auf die schlafenden Männer hinter den Sandsäcken. Zwei der Infanteristen gingen vorsichtig auf Gänslein zu. Die anderen behielten ihn im Visier oder sahen sich auf dem Kai nach weiteren Personen in ihrer Umgebung um. Keiner sprach ein Wort. Jede Bewegung lief ab wie einstudiert. Gänslein kam der Gruppe mit hoch erhobenen Händen entgegen. »They are sleeping«, flüsterte er in seinem eingerosteten Schulenglisch.

»How many?«, fragte leise einer der beiden vorgegangenen Soldaten. Er schien der Anführer des Platoons zu sein.

»About thirty«, erwiderte Gänslein.

Jetzt ging alles sehr schnell. Der Anführer machte ein paar Handzeichen. Die Soldaten teilten sich auf und positionierten sich um den Kreis aus Sandsäcken. Die Waffen wurden durchgeladen. »Freeze!«, rief nun der Anführer. Als Erster öffnete Feldwebel Sauter die Augen. Geistesgegenwärtig drehte er sich und griff nach seiner Waffe. Im gleichen Moment bekam er einen Schlag mit dem Gewehrkolben eines Infanteristen auf das Hinterhaupt. Er stöhnte und begann sofort heftig zu bluten. Nun waren alle wach. »I said freeze!«, sagte der Anführer erneut. Jetzt schien man ihn zu verstehen. Alle starrten gebannt auf den Mann. »Fine! Now get up and show me your hands!«, fuhr er fort und machte ihnen vor, was er von ihnen erwartete.

»Hilfe! Angriff!«, schrie plötzlich der dicke Metzger Theiß. Die Konsequenz war, dass auch er einen heftigen Schlag in den Nacken bekam und mit schmerzverzerrtem Gesicht zusammenbrach.

Dann stellte sich einer der Soldaten auf die Sandsäcke und winkte heftig mit ausgestreckten Armen in Richtung der linken Mainseite: das Signal, dass jetzt, mit beginnendem Tageslicht, die Übersetzung des verbliebenen Regiments mit Motorbooten rasch erfolgen sollte.

Die anderen Soldaten schubsten die überwältigten Männer des Volkssturms und der Wehrmacht in eine Ecke und zwangen sie, sich eng aneinanderkauernd, auf den Boden zu hocken. Theiß und Sauter litten unter ihren Schmerzen, einige der Pimpfe fingen an zu weinen, manche der älteren Männer waren wie erstarrt.

Der Beobachtungsposten am Main war innerhalb von Sekunden eingenommen. Kein einziger Schuss musste hierfür abgefeuert werden. Die Amerikaner konnten den erhofften ersten Brückenposten auf der rechten Mainseite aufbauen.

Gänslein zeigte ein feines Lächeln auf seinen Lippen. Er konnte es sich nicht verkneifen. Sein Plan war aufgegangen.

Auf der anderen Mainseite donnerten nun Lastwagen der US-Army die Leistenstraße hinunter zum Gelände des Rudervereins. Kampfboote wurden rasch abgeladen und ins Wasser gelassen.

Kaum dass sie das erste Boot im Wasser sahen, eröffneten die deutschen Truppen das Feuer. Scharfschützen schossen aus den Ruinen heraus. Flugabwehrkanonen wurden zur Bombardierung der Boote genutzt. Als Antwort erfolgte heftiges Artilleriebombardement von den westlichen Hügeln über der Stadt – dorthin, wo die deutschen Flakstellungen vermutet wurden. Platoon für Platoon wurde gleichzeitig über den Main gebracht. Bis zum Abend war die Hälfte des Regiments unter Feuerschutz der Artillerie und der nachrückenden Infanteristen auf der rechten Mainseite. Die Kriegsgefangenen, darunter Gänslein, wurden hingegen auf die linke Mainseite gebracht und in den Keller der Höchberger Schule gesperrt.

Die amerikanischen Verluste während der Überfahrt der Truppe waren gering. Die Reichweite der deutschen Flak-Geschosse genügte nicht, und die Scharfschützen waren zu weit entfernt vom Geschehen.

Am Nachmittag wurden daher zwei deutsche Panzer in das Gefecht geschickt. Auch hier lief es nicht besser. Ein Panzer konnte von einem US-Infanteristen mit einer Bazooka zerstört werden. Der andere Panzer blieb einfach stehen. Es war nicht mehr genug Treibstoff im Tank.

11

Noch am Abend des gleichen Tages, es war der Oster-montag, trafen sich Oberst Wolf und Oberbürgermeis-ter Memmel im Konferenzraum des Hochbunkers in der Salvatorstraße, nicht weit weg von der inzwischen verlassenen Villa des Gauleiters. Der Bunker war mitt-lerweile das Hauptquartier des Kampfkommandanten – ein Ungetüm aus Beton mit einer zwei Meter dicken Dachplatte und Wänden, die ähnlich stark waren. Ein Gebäude ohne Fenster mit wuchtigen Stahltüren, wel-che den Konferenzraum von zwei Waschräumen und zwei Schlafräumen mit Stockbetten für bis zu 16 Per-sonen trennten.

Neben Memmel und Wolf nahm Hauptmann von Koschwitz an der Besprechung teil. So wie Wolf ver-brachte er mittlerweile Tag und Nacht in dem fensterlo-sen Bunker. Ernst von Koschwitz war Hauptmann der Panzertruppe oder dem, was von ihr übrig geblieben war. Er war das Paradebild eines deutschen Offiziers: groß, blond, schlank, aus einem preußischen Adelsge-schlecht entstammend mit einer über Generationen rei-chenden militärischen Tradition.

»Wie kommt es, dass sich ein Beobachtungsposten so leicht überrumpeln lässt?«, tobte Wolf. Wütend schlug er mit der flachen Hand auf den Tisch. »30 bewaffnete Männer lassen eine Handvoll Infanteristen unbemerkt den Main überqueren und werden dann auch noch ohne Gegenwehr verhaftet. Ich fasse es nicht! Für was sprengen wir alle drei Brücken in die Luft, wenn der Feind gemächlich mit Ruderbooten ans andere Ufer kommt?«

Memmel und Koschwitz sahen betreten zu Boden.

»Und dann, von Koschwitz, erklären Sie mir noch eine andere Sache: Sie schicken nur zwei Panzer zur Abwehr der rechten Mainseite, von denen einer zerstört wird und der andere einfach stehen bleibt?«, fuhr Wolf fort. »Muss ich mich wirklich nun um alles kümmern? Wie dilettantisch war denn das?«

Trotz des Größenunterschieds zwischen den beiden – Wolf war etwa einen Kopf kleiner – schien von Koschwitz mittlerweile zum Oberst hochzublicken. Er war sichtlich geknickt. »Herr Oberst, ich kann Ihnen nur versichern, dass ich versuche, mit den bescheidenen Mitteln, die mir zur Verfügung stehen, das Beste zu erreichen. Wir haben weder ausreichend Treibstoff noch Munition noch ausgebildete Soldaten.«

Wolf sah ihn wütend an. »Hören Sie auf zu lamentieren, Herr Hauptmann. Das ist ein Krieg, den wir hier führen – ein Spiel auf Zeit. Je länger wir den Feind aufhalten, umso besser sind die Chancen, ihn zu besiegen. Ich rechne in wenigen Tagen mit Verstärkung.«

»Und bis dahin, Herr Oberst? Wenn Sie mir die Frage erlauben?«, fuhr von Koschwitz fort.

»Schicken wir alles in die Schlacht, was wir haben«, antwortete Wolf. »Den heutigen Tag können wir abschreiben, aber morgen wird uns der Gegner von einer anderen Seite erleben. So leicht geben wir uns nicht geschlagen.« Dann wandte er sich an Memmel. »Herr Oberbürgermeister, wo steht der Feind genau?«

Memmel nickte kurz und rollte einen Stadtplan aus. Er fixierte die Enden mit einem Aschenbecher und zwei Wassergläsern. »Der amerikanische Brückenkopf ist hier zwischen der Löwenbrücke und der Alten Mainbrücke«, sagte er und zeigte mit dem Finger auf die betreffende Stelle auf der Karte. »Von hier aus kontrollieren sie etwa 150 bis 200 Meter. Vom Ringpark im Süden bis zum Rathaus im Norden. Das gesamte westliche Stadtgebiet links des Mains wird vollständig von den Amerikanern kontrolliert. Was wir zudem bemerken, sind intensive Arbeiten an der Löwenbrücke. Der Feind baut eine Behelfsbrücke über die zerstörten Brückenbögen.«

»Am 2. April zerstört, am 4. April, also morgen, wieder aufgebaut«, murmelte Wolf kopfschüttelnd mit Blick auf die Karte. »Wenn dort Panzer und Truppen über den Main in die Innenstadt ziehen, wird es schwierig. Links des Mains warten 10.000 Soldaten darauf, ins deutsche Kernland einzumarschieren. Das müssen wir verhindern. Es gibt einen Befehl des Führers, meine Herren. Wir müssen Würzburg halten, koste es, was es wolle.«

Dann sah er auf Memmel. »Schicken Sie morgen mit Tagesanbruch den Volkssturm ins Gefecht, Herr Oberbürgermeister. Der Feind darf die Brücke nicht fertigstellen.«

»Bei allem Respekt, Herr Oberst«, ging von Koschwitz dazwischen. »Aber die US-Infanteristen werden die Männer des Volkssturms wie Hasen abschießen. Diese Kinder und Greise haben weder Erfahrung im Häuserkampf noch geeignete Waffen.«

Wolf warf ihm jetzt einen bitterbösen Blick zu. »Dafür haben sie im Gegensatz zu Ihnen, Herr Hauptmann, einen glühenden Glauben an den Endsieg. Der Oberbürgermeister kann Ihnen das bestätigen.«

»Genau wie ich selbst wird der Volkssturm alles geben, um den Feind aufzuhalten. Das kann ich Ihnen versichern«, erwiderte Memmel. »Und es gibt noch etwas anderes, was uns helfen könnte. Wir haben zwar wenige Gewehre, Artillerie und Panzer – da muss ich dem Herrn Hauptmann leider recht geben –, aber wir verfügen über Panzerfäuste.«

»Panzerfäuste haben wir Hunderte«, bestätigte von Koschwitz. »Das Problem ist nur, dass ich fürchte, dass uns der Feind in Kürze so stark dezimiert haben wird, dass wir, wenn die Panzer auf uns zurollen, nicht mehr über genügend Männer verfügen, welche die Waffen bedienen können.«

»Bloß, weil es Panzerfaust heißt, muss man es ja nicht unbedingt nur gegen Panzer einsetzen, oder?«, fuhr Memmel fort. »Und dann gibt es noch etwas. Wenn die beiden Herren nochmals mit mir einen Blick auf die Karte werfen möchten.«

Sie steckten zu dritt die Köpfe zusammen und beugten sich über den Stadtplan. »Die Innenstadt ist zerstört. Wir können uns zwar in den Ruinen verstecken, aber ausreichend bewaffnete Scharfschützen haben wir nicht. Das Abfeuern einer Panzerfaust würde die Stellung des

Schützen und die des gesamten Trupps sofort verraten. So eine Waffe bringt uns hier folglich wenig. Anders sieht es aus, wenn wir den Feind in Sicherheit wiegen, ihn in Gruppen vormarschieren lassen und ihn dann in seinem Rücken mit einzeln abgeschossenen Sprengladungen attackieren.«

»Und wie soll das funktionieren?«, fragte von Koschwitz.

»Unter den größeren Straßen der Innenstadt laufen unterirdische Kanäle, die auch nach der Bombardierung intakt sind. Viele der Tunnel haben Anschluss an Schutzräume. Wir steigen vor den feindlichen Linien in den Untergrund hinab und marschieren in Kleingruppen in Richtung Main. Sobald wir sicher sind, dass wir hinter den feindlichen Linien stehen, geht es über Kanaldeckel oder Notausstiege der Luftschutzräume ans Tageslicht. Eine eng zusammenstehende Gruppe ist ein gutes Ziel für eine Panzerfaust. Der Schütze feuert ab, und bevor nachrückende Soldaten ihn ausmachen, verschwindet er wieder rasch im Untergrund.«

Wolf folgte aufmerksam Memmels rechtem Zeigefinger auf dem Plan. »Eine grandiose Idee«, sagte er mit wissendem Lächeln. Dann streckte er sich. »Von Koschwitz«, befahl er jetzt dem Hauptmann, »räumen Sie das Munitionslager leer und statten Sie die Männer des Volkssturms mit Panzerfäusten aus. Verteilen Sie alles, was wir zur Verfügung haben. Morgen beginnt der Häuserkampf. Wir werden die Stadt zurückerobern.«

12

In den frühen Morgenstunden des 4. April war die Behelfsbrücke über den Main fertiggestellt. Die Pioniere der *Rainbow-Division* hatten unter schwierigen Bedingungen die ganze Nacht durchgearbeitet. Für schwere Fahrzeuge wie beladene Laster und Panzer war die Brücke allerdings noch nicht geeignet. So wurden zunächst nur leichtere Jeeps und Fußtruppen in die Schlacht geschickt.

Um 5 Uhr morgens hatten Corporal Donald Cramer mit seinem Trupp von Maschinengewehr-Schützen und Sergeant Emerald Dexter mit einem Zug aus zwölf Gewehrschützen die andere Mainseite erreicht.

Cramer kam aus Salt Lake City. Bevor ihn 1943 die US-Army rekrutierte, war er Möbelverkäufer. Er war verheiratet und der Vater einer zweijährigen Tochter.

Dexter kam aus Newport im Staat Rhode Island. Er arbeitete im Bootsverleih seines Onkels und plante, nach dem Abschied von der *Rainbow-Division* das Familiengeschäft zu übernehmen. Auf ihn warteten in der Heimat drei Söhne und eine Frau.

Mit dem Rest der Kompanie erfolgte für beide der Befehl zum Vormarsch. Gemeinsam waren sie an der Spitze der Truppen – Dexter auf der linken Seite, Cramers Gruppe auf der rechten Seite. Sie alle hatten wenig geschlafen, dennoch waren sie hellwach zu dieser frühen Stunde. Das Adrenalin ließ ihr Herz schneller schlagen. Sie waren bereit, gegen den Feind zu kämpfen, ihn zu vernichten. Auf der rechten Seite des Flusses angekommen, liefen sie flussabwärts zur Alten Mainbrücke, um von dort zentral durch die Altstadt weiter Haus für Haus, Block für Block, Straße für Straße und letztendlich die gesamte Stadt einzunehmen. Das war der Plan.

Zeitgleich versammelte sich der Trupp um Benno Neubauer und Heinz Hiller unterhalb der Grombühler Brücke vor dem zerbombten Gebäude der Reichsbank am Hauger Ring. Heinz und Benno waren beide 16 Jahre alt. Angeführt wurden sie von SS-Unterscharführer Wiesner aus Nürnberg, der selbst noch keine 20 war. Benno und Heinz waren Würzburger. Sie kannten sich aus der Schule. Auch in ihnen stieg das Adrenalin hoch. Ihr Mund war trocken, und ihr Puls raste. An diesem Morgen waren sie wild entschlossen. Sie wollten erbarmungslos kämpfen und Rache üben. Rache für die Zerstörung ihrer Heimatstadt und Rache für die vielen deutschen Toten. Der amerikanische Feind musste entweder im Kampf erschossen oder in den Main getrieben werden und dort am besten ersaufen.

Aus einer Holzkiste entnahm Unterscharführer Wiesner die Panzerfäuste. Er gab jedem Truppmitglied jeweils zwei Waffen – eine Panzerfaust für die linke und eine für die rechte Hand. Mehr als zwei waren zu schwer zum

Tragen. Dann liefen sie alle zusammen ein paar Meter bis zur Ludwigstraße. Beim Finanzamt an der Ecke zur Theresienstraße war der Einstieg in den Untergrund. Wiesner stattete jeden mit einer Taschenlampe aus, dann schickte er sie paarweise voran. Er sagte ihnen, in welche Richtung sie gehen und was sie beachten sollten. »Jungs, seid vernünftig, bleibt in Deckung!«, hatte er ihnen am Schluss zugerufen.

Wild entschlossen liefen Benno und Heinz los.

Jetzt begann der Kampf.

Kurz nach Sonnenaufgang erfolgten zunächst gezielte Luftangriffe amerikanischer Bomber. Im Tiefflug pflügten sie über die Ruinen Würzburgs und schossen auf alles, was sich außerhalb der eigenen Linien bewegte.

Als Antwort der Verteidiger wurde jetzt auf die vorrückenden amerikanischen Fußtruppen das Feuer eröffnet. Scharfschützen hatten sich in einigen Ruinen verschanzt und schossen auf Cramers und Dexters Platoon. Die Heftigkeit des Angriffs kam überraschend. Fünf Männer fielen sofort. Der Rest des Platoons eilte zum Ufer. Die Soldaten verschanzten sich unter der Auffahrt zur Brücke, erwiderten das Feuer und nahmen ihrerseits verschiedene Gebäude auf der anderen Straßenseite unter Beschuss.

Jetzt erkannte Cramer, dass aus einer der Ruinen Maschinengewehr-Salven abgeschossen wurden. Die Lichtblitze synchron zum »Taktaktaktaktak« der Schüsse konnte er eindeutig lokalisieren. Sie kamen aus dem *Haus der Deutschen Einheitsfront*, dem ehemaligen *Hotel Schwan*. Cramer eilte mit zwei Männern aus der Deckung, warf eine Handgranate in Richtung der Ruine, überquerte die Straße und rannte durch einen Feuerhagel zu einem benachbarten Haus, um Schutz zu finden. Bevor die drei das Gebäude betraten, warf ein anderer Infanterist eine Handgranate durch das zerstörte Fenster. Sie warteten einen Moment, dann liefen sie hinein und rannten zu dritt auf das noch zur Hälfte bestehende Dach des Hauses. In dem Moment, als die deutschen Soldaten in der Hotelruine eine neue Salve in Richtung Mainbrücke abgaben, feuerten die Infanteristen vom Dach herab auf sie. Der Feuerhagel legte sich nun. Die deutschen Schützen schienen getötet worden zu sein.

Dexter und Cramer konnten mit ihren Trupps weiterziehen. Gemeinsam gingen sie die Domstraße bis zum Grafeneckart, dem alten Rathausturm, und dem gegenüberliegenden Vierröhrenbrunnen weiter. Lag jedes Gebäude um den barocken Brunnen in Trümmern, so war er selbst komplett unbeschadet. Nicht mal ein Zacken fehlte.

Dann trennten sich die beiden Platoons. Cramer marschierte mit seinen Männern in Richtung Domstraße, Dexters Gruppe bog links in die Langgasse ein, um weiter über den Marktplatz zur Eichhornstraße zu gehen.

Im Gegensatz zum Feuerhagel unten am Main herrschte am Marktplatz gespenstische Stille. Dexter und seine Männer gingen eng zusammengedrängt langsam über den Platz. Ständig sahen sie sich nach links und rechts um und hielten nach Scharfschützen Ausschau.

Gleichzeitig gingen Benno und Heinz vorsichtig im Schein ihrer Taschenlampen durch die Kanalisation in Richtung Marktplatz. Ihr Weg führte sie unterhalb der Semmelstraße entlang. Als sie um kurz nach 7 Uhr das Maschinengewehrfeuer der Jagdbomber über sich hörten, schraken sie zusammen. Es schien jedoch hier unterhalb der Straßen sicher zu sein. Keiner sah sie und keiner hörte sie auf ihrem Weg hinter die feindlichen Linien. Als die beiden unterhalb der Eichhornstraße waren, blieben sie stehen. Jetzt hatten sie das vereinbarte Ziel erreicht. Sie legten jeweils eine der zwei Panzerfäuste, die man ihnen mitgegeben hatte, auf den Boden in den Kanal, kletterten die stählernen Leitersprossen nach oben und lauerten unter einem Notausstieg auf den Feind.

Drei Minuten später war es so weit. Die beiden hielten den Atem an, als sie die Schritte der Amerikaner über sich hörten und ihre Schatten sahen. Sie zählten bis zehn, dann griff sich Heinz den eisernen Deckel. Leise und vorsichtig stiegen sie nach oben.

Jetzt ging alles sehr schnell. Sie stellten sich nebeneinander auf die Straße, klappten die Visiere ihrer Panzerfäuste hoch und zielten auf die vor ihnen laufende, eng zusammengedrängte Gruppe. »Feuer! Tod den Amerikanern!«, schrie Benno. »Heil Hitler!«, rief Heinz. Gleichzeitig betätigten sie die Abzugsklinke. Parallel zu dem nahezu synchronen Knallen des Abschusses entlud sich aus dem hinteren Ende des Rohrs jeweils eine zwei Meter messende Rauchfontäne. Dann folgte ein Zischen, dann mit einem lauten Krachen der Einschlag der vorderen Sprengladung.

Sergeant Dexter und die anderen elf Gewehrschützen waren mit einem Schlag getötet.

Benno starrte mit offenem Mund auf die gefallenen Soldaten. »Ich fasse es nicht!«, murmelte er. »Heinz, hast du das gesehen? Wir haben sie erwischt. Komplett! Erledigt! Mausetot!«

»Schnell, Benno!«, schrie jetzt Heinz und eilte wieder zurück. »Komm schnell!«

Geistesgegenwärtig warf Benno nun das Rohr der benutzten Panzerfaust auf den Boden und eilte seinem Freund hinterher. Sie verschlossen die stählerne Klappe und kletterten rasch die Stufen in den Kanal hinab.

»Hast du das gesehen, Heinz?«, wiederholte Benno, nachdem sie wieder im Dunkeln waren.

»Ja, unglaublich«, erwiderte Heinz und schlug Benno auf die Schulter. »Peng, schiiieeeh, bumm«, imitierte er die Geräusche des Schusses und begann zu kichern. »So gewinnen wir, Benno, so gewinnen wir! Jetzt komm, zwei Panzerfäuste haben wir noch, dann gibt es Nachschub. Wir werden sie alle töten.«

Benno nickte freudig. Dann griffen sie sich die zuvor auf dem Boden abgelegten Panzerfäuste sowie ihre Taschenlampen. Sie orientierten sich nun über die Herrnstraße in Richtung Dom – genauso, wie es ihnen der Unterscharführer befohlen hatte.

Cramer und sein Trupp gingen währenddessen die Domstraße hoch und an den Ruinen von Sankt Kilian vorbei in Richtung Hofstraße.

Kaum dass sie den Paradeplatz passiert hatten, krochen Benno und Heinz aus dem Untergrund unmittelbar neben der Apsis des Doms hervor. Sie waren sich sicher, dass alles wie zuvor in der Eichhornstraße ablaufen würde. Beide stellten sich nebeneinander. Die Infanteristen gingen in etwa 15 Meter Abstand vor ihnen. Erneut klappten Heinz und Benno gleichzeitig das Visier der Panzerfaust hoch, lösten die Sicherung des Abzugs, schrien »Heil Hitler! Tod den Amerikanern« und betätigten die Klinke zum Abfeuern der Sprengladung.

Nichts geschah.

Mehrfach betätigten sie beide erneut den Abzug.
Keine Explosion.
Kein Abfeuern der Sprengladung.
Nichts.

Sie begannen jetzt hektisch, ihre Waffen zu schütteln. »Heinz, warum geht das nicht?«, rief Benno mit verzweifelter Stimme.

Heinz sah ihn noch mit schreckerfüllten aufgerissenen Augen an. Dann wurden beide von Maschinengewehrsalven getötet. Sie hatten keine Chance. Beide waren sofort tot.

Die Treibladungen ihrer Panzerfäuste zündeten nicht.

Durch das unbeabsichtigte Bad in der Kanalisation unter der Eichhornstraße waren sie nass geworden.

Cramer und vier weitere Soldaten seines Trupps gingen jetzt zu den in Blutlachen auf dem Boden liegenden Jungen. »Jesus Christ, take a look at them«, sagte der Corporal kopfschüttelnd. »They are kids. Fanatic boys dying for their *Führer*.« Dann wandte er sich an einen Soldaten mit einem Funkgerät im Tornister. »Send a radio message to the command center! Report that beneath the streets are networks of tunnels and defenders come up behind us attacking us from the rear.«

Der Soldat nickte, kramte aus der Tasche seiner Jacke das Funkgerät und sandte die Botschaft weiter.

Colonel Schmidt hatte eine Stinkwut im Bauch, nachdem ihn der Funkspruch erreicht hatte. Er saß an einem Tisch im Lehrerzimmer der Höchberger Schule, dem provisorischen Kommandoposten des 232. Regiments. Die Botschaft von Cramers MG-Truppe deckte sich mit Nachrichten anderer Stoßtrupps an diesem Vormittag. Die Attacken des Gegners waren heftig, die Verluste in den eigenen Reihen so hoch wie seit Langem nicht mehr. Kurz plante Schmidt, seine Männer zurückzubeordern und die Artillerie die gesamte Stadt bombardieren zu lassen. Dauerbeschuss, und zwar so lange, bis kein Stein mehr auf dem anderen blieb und die Truppe hinterhältiger Meuchelmörder vollständig vernichtet war. Er wollte nicht noch mehr seiner Männer verlieren.

Dann überlegte er es sich anders. Was sollte er zerstören, wo doch jetzt schon nur mehr Ruinen standen? Den Brückenposten auf der rechten Mainseite aufgeben? Niemals, diesen Erfolg wollte er den Nazis nicht gönnen.

Schmidt fasst daher einen Entschluss.

Zunächst wies er die Funker an, den Stoßtrupps zu befehlen, dass sie ab sofort in jeden Keller, an dem sie vorbeikamen, eine Handgranate werfen sollten.

Dann suchte er Roseman auf.

Er fand den Sergeant vor der Schule, wo er sich gerade lachend mit anderen Soldaten unterhielt, die Farbeimer und Pinsel in der Hand hielten.

»Sergeant Roseman!«, rief Schmidt streng und winkte ihn zu sich.

Roseman eilte zu ihm und salutierte. »Colonel?«, erwiderte er lächelnd. »Sie wollen sicher mit mir sprechen, da Sie unser *Rainbow*-Zeichen auf der Mauer unter der Marienfestung gesehen haben, oder? Gefällt es Ihnen?«

»Nein, Serg!«, antworte Schmidt barsch. »Ich muss hier einen Krieg führen. Dort drüben auf der anderen Mainseite sterben unsere Jungs. Ihre Malerarbeiten sind mir im Moment ziemlich egal.«

»Sir, pardon me«, meinte Roseman betreten auf Englisch. »Your orders, Sir?«

Schmidt nickte kurz, dann begann er: »Die Nazis leisten heftigen Widerstand. Mehr als gedacht. Sie schicken Kinder in den Kampf, die meine Männer mit Panzerfäusten bekämpfen. Die Volkssturmmitglieder schleichen sich über unterirdische Gänge an, kommen dann plötzlich an die Oberfläche und fallen der Truppe in den Rücken. Roseman, ich brauche mehr Informationen. Wir müssen wissen, wo die Deutschen stehen, wie viele sie sind und wie sie ausgerüstet sind. Gestern Morgen wurden 30 Männer verhaftet. Sie sind hier im Keller eingesperrt. Verhören Sie diese Nazis. Wenden Sie Ihre psychologischen Tricks an und finden Sie heraus, wo und wie wir diese Bastarde am besten schlagen können. Und zwar rasch.«

»Aye, Sir!«, erwiderte Roseman und salutierte. Dann machte er sich auf den Weg, seinen Befehl auszuführen.

13

Sergeant Roseman betrat mit zwei grimmig blickenden Soldaten der Militärpolizei den Keller. Es war düster und feucht. Nur wenig Licht drang über zwei kleine Lichtschächte herein. Roseman trat vor, während die Wachsoldaten mit ihren Maschinengewehren im Anschlag die Tür des Kellerraums sicherten. Die drei rümpften die Nasen. Der Mief der 30 Männer hier unten war schwer zu ertragen. Keiner von den Gefangenen hatte sich die letzten Tage gewaschen, geschweige denn die Kleidung gewechselt. Es roch nach kaltem Schweiß, Urin und Fäkalien.

Nachdem sich Rosemans Augen an das schwache Licht adaptiert hatten, sah er sich um. Die beiden Verletzten, Metzger Theiß und Feldwebel Sauter, lagen auf dem Boden. Sauters Platzwunde war notdürftig verbunden. Er trug einen schmutzigen, blutdurchtränkten Verband als Turban. Die Pimpfe saßen in einer Ecke und unterhielten sich leise. Gänslein stand nachdenklich vor einem Lichtschacht und blickte in das fahle Licht, welches von draußen in den Raum drang. Die anderen Männer schliefen oder dösten vor sich hin.

»Wer ist hier der Anführer?«, rief Roseman grimmig in den Raum.

Keiner antwortete.

»Ich frage erneut: Wer ist der Anführer dieser Nazi-Bande?«, wiederholte er. Er ging ein paar Schritte vor und musterte die Männer einzeln. Die HJ-Pimpfe schienen ihn nicht zu interessieren. Sauter und die anderen wichen seinem Blick aus.

»I no Nazi«, wimmerte schließlich Theiß, der dicke Metzger, in schlechtem Englisch. »I good German.«

Roseman ging zu ihm hin und musterte ihn intensiv. Theiß lächelte nervös. »I no Nazi«, wiederholte er.

»He is a liar«, rief plötzlich Gänslein von seinem Platz am Lichtschacht durch den Raum.

Ruckartig drehten sich alle zu ihm.

»Und wer sind dann Sie?«, fragte jetzt Roseman erzürnt. »Sicherlich auch kein Nazi, sondern ein Widerstandskämpfer, der sich verlaufen hat und zufälligerweise im Volkssturm gelandet ist, oder? So wie alle hier. Alles gute und brave Deutsche, die schon immer gegen Hitler waren und nun rein zufällig sich in einem Krieg verirrt haben.«

»Sie sprechen mit leicht mainfränkischem Akzent. Kommen Sie hier aus der Gegend?«, erwiderte Gänslein gelassen, ohne auf Rosemans Kommentar einzugehen. Langsam ging er auf ihn zu.

Die Wachsoldaten hielten sofort ihre MGs hoch. »Hold it!«, rief einer der beiden. »No step further.«

Gänslein blieb stehen. Lächelnd streckte er die rechte Hand aus. »Mein Name ist Walter Gänslein, ehemals Staatsanwalt in Würzburg.«

Roseman verweigerte den Handschlag. Grimmig sah er ihn an. »Wie alt sind Sie?«

»75 Jahre«, antwortete Gänslein gelassen.

Mit einem Lächeln drehte sich Roseman zu den beiden Wachsoldaten hinter sich um. »This man is more than 70 years old and was arrested together with boys, injured, and alcoholics. What you see is the German Reich trying to stop us, the US-Army. Can you believe that?«

»Surely not, Sergeant«, antwortete einer der Soldaten.

Dann wandte sich Roseman wieder an Gänslein. »Und Sie? Sind Sie der Anführer der Gruppe?«

Gänslein sah sich im Raum um. Sein Blick verweilte etwas länger auf Feldwebel Sauter. »Sagen wir es mal so, ich bin zumindest der Älteste«, antwortete er schließlich.

Roseman atmete tief durch. »Na gut, Herr Gänslein«, sagte er genervt. »Dann dürfen Sie jetzt zum Verhör mitkommen.«

Gänslein folgte gehorsam Roseman und den beiden Soldaten. Erleichtert seufzte Sauter auf, als die Tür wieder verschlossen wurde.

Das Verhör fand in einem Raum im ersten Stock des Schulgebäudes statt. Gänslein und Roseman saßen sich an einem Tisch gegenüber. Obwohl es offensichtlich war, dass von einem Greis ohne Waffe keine Gefahr ausgehen konnte, blieben die beiden Wachsoldaten weiterhin an der Tür stehen.

»Sie haben mir immer noch nicht meine Frage beantwortet«, begann zu Rosemans Überraschung Gänslein das Gespräch.

»Wie?«, fragte Roseman nach.

»Na, ob Sie Unterfranke sind? Der weiche Klang in der Stimme, das rollende R. Sie sind aus der Gegend hier, oder?«

Roseman blickte ihm tief in die Augen. »Die Fragen stelle ich, haben wir uns verstanden?«, erwiderte er verärgert.

Gänslein hob die Augenbrauen. »Na gut«, sagte er. »Dann fragen Sie. Ich bin Ihnen im Übrigen sehr dankbar für dieses Gespräch und dafür, dass ich nicht mehr mit den anderen in diesem stinkenden Loch sein muss.«

»Seien Sie sich da nur nicht so sicher«, brummte Roseman. Er kramte Schreibblock und Bleistift aus der Brusttasche seiner Uniform. »Dann legen wir mal los. Name?«

»Wie bereits erwähnt: Walter Gänslein.«

»Sind Sie Mitglied der NSDAP?«

»Nein, ich verabscheue die Nazis.«

»Jaja«, erwiderte Roseman gelangweilt und machte sich dabei ein paar Notizen. »Das habe ich mittlerweile schon so oft gehört, dass ich mich frage, wie es überhaupt zu diesem Krieg kommen konnte. Alle sind gegen Hitler. Die Kriegsverbrechen, die Judenverschleppungen – keiner hat etwas gewusst oder gesehen. Lauter Opfer und Unschuldslämmer. Ich frage Sie daher erneut, Herr Gänslein, und warne Sie davor zu lügen. Wir sind im Krieg, ich könnte Sie sofort erschießen. Also: Sind Sie Mitglied der NSDAP?«

»Nein, das bin ich nicht, Herr …«, er warf einen Blick auf den eingestickten Namen auf der Uniformjacke oberhalb der Brusttasche des Sergeants, »Herr Roseman. War ich nicht und bin ich nicht.«

»Und wie kommt es dann, dass Sie an vorderster Front mit dem Volkssturm gekämpft haben?«

»Roseman, Roseman«, sinnierte Gänslein, ohne auf die Frage einzugehen. »Haben Sie Ihren Namen geändert? Hießen Sie früher Rosenmann? Eigentlich doch ein viel schönerer Name als …«

»Hören Sie auf!«, schrie Roseman und schlug mit der flachen Hand auf den Tisch. »Ich wiederhole mich ein allerletztes Mal: Die Fragen stelle ich.«

Verwirrt sahen die beiden Wachsoldaten auf den Sergeant. Der eigentliche Feind war ein netter alter Herr mit freundlicher Stimme. Der Mann der eigenen Truppe schrie dagegen in einer fremden Sprache so, wie sie es von Hitlerreden aus der Wochenschau kannten.

»Ich wurde zwangsverpflichtet«, sagte schließlich Gänslein.

»Was meinen Sie?«, fragte Roseman verwirrt nach.

»Na, die Antwort auf Ihre Frage. Ich bin kein Mitglied der NSDAP, wurde jedoch für den Volkssturm zwangsverpflichtet«, fuhr Gänslein fort. »Wissen Sie, eigentlich hatte ich mit meinem Leben abgeschlossen. Ich bin alt. Dann wurden auch noch die Wohnung und mein gesamtes Hab und Gut zerstört. Mir wäre alles egal gewesen, aber – ob Sie es glauben oder nicht – inmitten der Ruinen einer zerstörten Stadt habe ich mich verliebt. Ich denke jeden Tag mehrfach an Henriette. Mit ihr möchte ich weiterleben. Sie wurde zu meinem Lebenselixier. Daher habe ich mich nicht gewehrt, als ich zum Volkssturm verpflichtet wurde. Mein Plan war von Anfang an, bei der erstbesten Gelegenheit verhaftet zu werden, um diesem sinnlosen Krieg so schnell wie möglich zu entkommen. Als Deserteur wäre ich erschossen worden, als Kriegsgefangener nicht. Und daher sitze ich nun hier. Ich bin sehr froh, Herr Rosenmann. Mein Plan ist aufgegangen.«

Roseman sah ihn kopfschüttelnd an. »Was erzählen Sie mir hier eigentlich für ein Märchen? Ein Mann mit 75 Jahren, der sich in eine Frau verliebt, dann in den Krieg zieht, aber nicht, um zu kämpfen, sondern weil er vom Feind verhaftet werden möchte?«

»So ist es«, antwortete Gänslein. »Ich bin zwar alt, aber muss ich deswegen schwachsinnig sein? Diese abscheuliche Volkssturm-Uniform trage ich nicht, weil ich das möchte, sondern weil ich es muss. Wenn es nach mir geht, sollte dieser Krieg so schnell wie nur irgendwie möglich sein Ende finden. Viel Zeit im Leben bleibt mir nicht mehr. Und das, was ich noch an Lebenszeit zur Verfügung habe, möchte ich mit der Frau verbringen, die ich liebe. Ich brauche nicht viel, aber ich habe es satt, Zerstörung, Tod und Leid tagtäglich erleben zu müssen. Gestern frühmorgens, als die ersten amerikanischen Infanteristen mit Ruderbooten den Main überquerten, war ich der Wachhabende. Es war genau die Situation, die ich mir gewünscht habe. Statt Alarm zu schlagen, habe ich Ihre Männer daher darauf hingewiesen, wo wir sind und wie viele in dem Beobachtungsposten ausharren. So wurden wir schnell und unblutig ausgeschaltet. Wenn Sie mir nicht glauben, dann fragen Sie die Soldaten von gestern früh.«

Roseman sah Gänslein lange prüfend an. »Na gut«, fuhr er schließlich fort. »Sie wollen also, dass der Krieg rasch zu Ende ist. Dann werden Sie mir jetzt ein paar Informationen liefern müssen. Und ich kann Sie nur warnen. Wenn Sie mich belügen, werden Sie erschossen.«

»Einen Gefangenen erschießen? Ist das nicht ein Kriegsverbrechen?«, fragte Gänslein entrüstet.

Roseman antwortete mit einem zynischen Lächeln.

Gänslein nickte. »Na gut, stellen Sie Ihre Fragen. Was ich weiß, werde ich Ihnen sagen.«

»Wie ist die Ausstattung, Ausrüstung und Mannschaftsstärke der Verteidiger auf der anderen Seite des Mains?«, begann Roseman.

»Die meisten sind Zivilisten wie ich, HJ-Pimpfe, ein paar Polizisten, Feuerwehrmänner und Sanitäter. Etwa nur ein Drittel sind Wehrmachtssoldaten.«

»Wie viele Männer insgesamt?«, fragte Roseman weiter.

»Schwierig zu sagen. In der Kaserne waren es sicher mehrere 100 Männer, vielleicht auch Tausende.«

»Und die Ausrüstung?«

»Ich bin, wie gesagt, kein Soldat. Aber soweit ich das einschätzen kann, würde ich sie als desaströs bezeichnen. Man hat mich mit 20 Patronen und einem Gewehr aus dem Ersten Weltkrieg an die Front geschickt. Viele im Volkssturm werden nur mit einer Panzerfaust und sonst nichts ausgestattet. Die Panzer, die ich gesehen habe, kann man an einer Hand abzählen.«

Roseman schrieb alles sorgfältig mit. Dann blickte

er hoch zu Gänslein. »Wir haben bemerkt, dass sich Angehörige der Hitlerjugend über unterirdische Gänge ranschleichen und dann unseren Männern von hinten in den Rücken fallen. Haben Sie hierzu Informationen?«

Jetzt konnte sich Gänslein ein zynisches Lächeln nicht verkneifen. »Sie müssen wissen, dass die gesamte Würzburger Innenstadt wie ein Schweizer Käse durchlöchert ist – ähnlich einem Maulwurfbau. Es gibt ein Kanalsystem, welches jahrhundertealt ist. Zudem gibt es noch alte Weinkeller, die Anschluss an die Kanalisation haben. Viele der Keller wurden in letzter Zeit auch als Luftschutzbunker benutzt. Wenn man sich ein bisschen auskennt, ist es nicht schwer, den richtigen Zugang oder Ausgang aus dem Kanalsystem zu finden.«

»Das müssen Sie mir genauer erklären«, hakte Roseman nach.

»Es sind Abkürzungen, die man seit ein paar Monaten auf Schildern an Häusern finden kann«, erzählte Gänslein. »Manchmal werden die Informationen auch direkt mit Farbe an die Hausmauer geschrieben.«

»Abkürzungen? Informationen für was?«

»Ganz einfach«, begann Gänslein. »*SR* bedeutet Schutzraum, *NA* steht für Notausstieg und *MD* für Mauerdurchbruch zu einem benachbarten Keller. Finden Sie ein Haus mit der Kennzeichnung *SR* und *MD*, können Sie sich sicher sein, dass hier der Zugang in ein größeres Bunkersystem besteht. Wenn Sie hingegen knapp oberhalb der Straße an einem Haus eine kleine Stahlklappe mit der Bezeichnung *NA* finden, würde ich fast meine Hand dafür ins Feuer legen, dass die von Ihnen erwähnten Pimpfe diese Notausstiege benutzt haben, um Ihren Männern in den Rücken zu fallen.«

Roseman schrieb sorgfältig alles mit. Ungläubig schüttelte er den Kopf. »Und die Kommandostruktur?«

»Wie meinen Sie das?«

»Wie werden Befehle übermittelt? Wer befiehlt, wie und wo angegriffen werden soll, und wo ist die Kommandozentrale?«

Gänslein knetete sich nachdenklich die Oberlippe. »Hm, so wie ich das mitbekommen habe, sitzt das Oberkommando in der Beton-Schuhschachtel in der Salvatorstraße am Stadtrand. Die Befehle an die kämpfende Truppe werden allerdings über eine Kommandozentrale aus einem Luftschutzkeller beim Hofgarten weitergegeben.«

»Eine Zentrale im Hofgarten? Mitten in der Stadt?«, fragte Roseman skeptisch nach.

»Ja, dort werden auch Verletzte notdürftig versorgt. Es gibt Wasser und Nahrung«, antwortete Gänslein. »Wer von den Kommandierenden da allerdings genau sitzt, kann ich Ihnen nicht sagen.«

Roseman schrieb die Informationen in seinen Block. Dann klappte er diesen zu und steckte ihn zurück in seine Brusttasche. Er sah Gänslein nachdenklich an und kramte aus der anderen Brusttasche eine Schachtel Zigaretten hervor. »Zigarette?«, fragte er und hielt ihm die Packung hin.

»Danke, nein«, erwiderte dieser. »Ich habe noch nie geraucht. In meinem ganzen langen Leben nicht.«

Roseman zuckte mit den Schultern und zündete sich selbst eine Zigarette an. »Wie Sie meinen. Sie sind der erste Deutsche, der eine amerikanische Zigarette ablehnt«, sagte er und inhalierte genüsslich den Rauch.

»Und wie geht es jetzt weiter?«, fragte Gänslein.

»Ihre Angaben werden überprüft. Haben Sie gelogen, ist es aus mit Ihnen. Haben Sie recht, sind Sie frei.«

Gänslein nickte mit zusammengepressten Lippen. »Das ist eine gute Nachricht, Herr Rosenmann, vielen Dank hierfür. Darf ich Sie jetzt, nachdem ich entweder erschossen oder freigelassen werde, vielleicht doch fragen, ob Sie hier aus der Gegend sind? Es ist meine berufsbedingte Neugierde als ehemaliger Staatsanwalt und Ermittler – ich kann es einfach nicht lassen.«

Roseman nahm einen weiteren tiefen Zug. »Sie haben recht«, sagte er Rauchwolken ausatmend. »Ich komme aus der Nähe von Würzburg. Bis 1938 war ich deutscher Jude mit dem Namen Robert Rosenmann. Dann landete ich in einem Konzentrationslager. Ich hatte das große Glück, relativ bald schon gegen Geld freigelassen zu werden mit der Auflage, sofort zu emigrieren. Das tat ich dann und begann ein neues Leben als Bob Roseman. Was aus dem Rest meiner Familie geworden ist, weiß ich nicht. Wahrscheinlich sind alle tot – ermordet von diesen Drecksnazis.«

»Das tut mir leid, Mister Roseman«, erwiderte Gänslein.

Roseman nickte. »Und Sie? Haben Sie Familie?«, wollte er jetzt wissen.

Betreten schüttelte Gänslein den Kopf. »Meine Frau hat sich von mir scheiden lassen, noch bevor es mit gemeinsamen Kindern geklappt hat. Ich habe seit Jahrzehnten nichts mehr von ihr gehört. Später war ich wohl zu dumm, eine Familie zu gründen. Es gab ein paar kurze Liebschaften, das war es dann. Ich habe weder eine Ehefrau noch Töchter oder Söhne – keine Enkel, die die Geschichten über ihren Großvater an ihre Enkel weitergeben können. Nichts wird nach mir bleiben. Haben Sie Kinder?«

»Noch nicht«, antwortete Roseman mit dem Anflug eines Lächelns. »Aber die passende Frau dafür gibt es. Sobald ich wieder zurück in den USA bin, steht die Nachwuchsplanung auf unserer To-do-List, wie wir sagen.«

Nachdenklich verfolgte Gänslein die Rauchwolken von Rosemans Zigarette, die sich in dem Zimmer ausbreiteten. »Das heißt …«, sagte er schließlich zögerlich.

Roseman sah ihn fragend an.

»Einen Sohn habe ich doch – ich vermute es zumindest. Johann ist ein uneheliches Kind. Entstanden in einer längst vergessenen Zeit aus einer Liebschaft hier in Würzburg. Eine Affäre, die letztendlich auch dazu geführt hat, dass meine Ehe scheiterte.«

»Sie haben ein Kind aus einer Beziehung hier in der Stadt, sagen aber, dass Sie Ihren Sohn mit Namen Johann nie gesehen haben?«, fragte Roseman nach.

»Auch wenn bei Ihnen der Grund ein anderer war, sind Sie nicht der Einzige, der in die Vereinigten Staaten emigriert ist«, erwiderte Gänslein leise. »Emilia ist umgesiedelt, als sie mit unserem gemeinsamen Kind schwanger war. Ich habe Jahre später einen Brief von ihr erhalten. Der Absender war eine Adresse in Milwaukee. Sie erwähnte in dem Brief, dass ihr Erstgeborener, dessen Vater ich wohl bin, Johann heißt. Später kam ein zweiter Sohn mit dem Namen Wilhelm hinzu. Über den Vater von Wilhelm oder einen Ehemann hat sie nichts berichtet.« Er rieb sich nachdenklich das Kinn. »Komisch«, fuhr er fort. »Jahrelang habe ich nicht mehr darüber nachgedacht, und jetzt erzähle ich die gleiche Geschichte zweimal innerhalb von wenigen Tagen.«

Roseman drückte die Zigarette im Aschenbecher aus. »Und wann ist diese Emilia emigriert?«

Gänslein blickte kurz zur Seite und knetete sich nachdenklich die Oberlippe. »Das müsste das Frühjahr 1898 gewesen sein. Vor ziemlich genau 47 Jahren war das.«

»Habe ich Sie richtig verstanden«, fragte Roseman nach, »eine Emilia, die von Ihnen 1898 hier in Würzburg geschwängert wird, emigriert noch vor der Geburt des Kindes in die USA. Und 15 - 20 Jahre später erfahren Sie, dass Ihr gemeinsamer Sohn Johann heißt und er einen jüngeren Bruder mit Namen Wilhelm hat?«

»Ja, so kann man es zusammenfassen.«

Jetzt begann Roseman nachzudenken. Er erinnerte sich an die Gespräche mit seinem Colonel. Die deutsche Mutter Emilia? Die Söhne Johann und Wilhelm? Johann ist im englischen John und aus Wilhelm wird William oder kurz Bill? Das Alter? Er begann zu rechnen. 47 Jahre könnte passen. Kann das sein? Ist dieser Mann vor mir tatsächlich der leibliche Vater von Colonel Schmidt?

Mit großen Augen starrte Roseman auf Gänslein. »Sie bleiben hier und bewegen sich nicht vom Fleck«, sagte er plötzlich und stand hektisch auf.

Roseman raste die Treppe hinunter in das Lehrerzimmer, die provisorische Kommandozentrale der *Rainbow-Division*. Schnurstracks eilte er auf den Colonel zu.

»Und? Haben Sie die Informationen, die ich von Ihnen verlangt habe?«, begrüßte ihn Schmidt.

»Yes, Sir!«, erwiderte Roseman, hektisch salutierend. Er holte den Notizblock hervor und berichtete: »Der Feind setzt sich aus einer schlecht ausgebildeten und miserabel ausgestatteten Truppe von einigen 100 bis wenigen 1.000 Männern zusammen. Diese benutzten Notausstiege, um aus einem weit angelegten Kanalsystem heraus unsere Männer anzugreifen. Last not least, Colonel: Die Kommandozentrale befindet sich in einem Luftschutzraum unter dem Hofgarten der Residenz, vielleicht auch in einem Bunker am Galgenberg, einem Hügel östlich von Würzburg.«

Kurz sah Schmidt auf Roseman. »Okay, well done, Sergeant. Then let's bring this to an end«, sagte er und erhob sich von seinem Stuhl. Er eilte zu einem Funker an einem Tisch am Rande des Raums. »Send a radio message: The bunker at the Hofgarten of the Residence is to be stormed. And two tanks are requested to support our men.«

»Colonel Schmidt? Da wäre noch etwas«, begann Roseman zögerlich, als Schmidt zufrieden zu seinem Platz zurückkehrte. »Etwas Privates, das ich Ihnen gerne mitteilen möchte.«

Schmidt lehnte sich zurück und runzelte verwundert die Stirn. »Etwas Privates? Jetzt? Wir stehen kurz davor, diese Schlacht zu gewinnen. Kontaktieren Sie mich doch am Abend, ja?«

Roseman fuhr sich mit der Hand nervös durch die schwarzen Haare. »Ich weiß, Colonel … ich bin mir auch nicht sicher … aber … vielleicht …?«

»Spit it out, Serg!«, unterbrach ihn Schmidt genervt.

»Nun, Colonel, ich … ich … ich glaube, dass in dem Verhörraum im ersten Stock Ihr leiblicher Vater sitzt.«

14

»You are nuts!«, rief Schmidt und starrte mit einer Mischung aus Wut und Überraschung auf Roseman. »Was soll dieser Unsinn? Wollen Sie mich auf den Arm nehmen, oder wollen Sie sich nur wichtigmachen? Für beides habe ich keine Zeit, Sergeant.«

»Nein … nein … Colonel … ich …«, erwiderte Roseman verunsichert. »Sie … Sie kennen mich … aber … aber …«

»Aber was?«, ging Schmidt genervt dazwischen.

»Colonel, Sie erzählten mir selbst von Ihrer Würzburger Mutter, Ihrem Bruder, und wann und wie Ihre Mutter in die USA emigrierte, und … und da oben sitzt ein Mitte 70 Jahre alter Mann, der die gleiche Geschichte erzählt, nur eben aus einer anderen Perspektive. Außerdem …«

»Außerdem was?«, unterbrach ihn der Colonel.

»Außerdem hat er eine ähnliche Stimme und die gleiche Nasenform wie Sie.«

Schmidt sah lange tief in die Augen des Sergeants.

Schließlich wandte er sich ab. »That's bullshit. Now, leave me alone«, murmelte er und signalisierte Roseman mit einer Handbewegung, den Raum zu verlassen.

Nachdem Roseman gegangen war, stand Schmidt zögerlich auf. Er stellte sich an das Fenster und blickte nach draußen. Die Worte des Sergeants hallten nach: *Ich glaube, dass in dem Verhörraum im ersten Stock Ihr leiblicher Vater sitzt.* Was für ein Unsinn, fragte er sich. Andererseits kannte er Roseman mittlerweile. Er war sich sicher, dass dieser keinen Blödsinn erzählen würde. Viele andere hätte er mit so einer Aussage als Spinner bezeichnet – Wichtigtuer, die seine Aufmerksamkeit suchten. Von Roseman hätte er das nicht erwartet. Bei ihm war es anders. Er vertraute dem Sergeant. Sollte er wirklich Rosemans Aussagen ignorieren? Und wenn doch ...? Nein, er musste sich selbst ein Bild machen und die unerwartete Mitteilung zumindest überprüfen.

Langsam bewegte er sich zu dem Verhörraum. Vor der geschlossenen Tür blieb er stehen und dachte nach.

Da drinnen sollte sein Vater sitzen?

Er hatte nie einen gehabt, resümierte Schmidt – weder einen leiblichen Vater noch einen richtigen Stiefvater. Den Mann, dessen Namen er trug, kannte er nicht mal. Zu kurz war die Ehe zwischen seiner Mutter und diesem Herrn Schmidt gewesen. Eigentlich hatte seine Mutter nie einen Mann gehabt. Sie hatte keinen gewollt, weder für sich selbst noch für ihre Söhne als Vaterersatz. Das hatte sie immer zu Bill und zu ihm gesagt. Die Männer, die sie gekannt hatte, waren ihrer Meinung nach alles Betrüger, Lügner und Säufer gewesen. Daher hatte sie ihren Söhnen eingebläut, gut zu ihren Frauen und Kindern zu sein und es besser zu machen, als sie es selbst erleben musste. Weder sein kleiner Bruder Bill noch er selbst wussten etwas über ihre jeweiligen Väter. Bekannt war beiden nur, dass es unterschiedliche Männer waren.

Der Colonel sinnierte weiter.

Und jetzt sollte da drinnen tatsächlich sein leiblicher Vater sitzen?

Vater? Ein deutscher Kriegsgefangener, der eigentlich viel zu alt war, um in einem Krieg zu kämpfen?

Vater? Ein kaltherziger Nazi, der sich zu fein war, sich um seinen Sohn zu kümmern, der niemals den Kontakt zu ihm gesucht hatte und der seine Mutter Emilia im Stich gelassen hatte?

Sein ganzes bisheriges Leben hatte Schmidt keinen Vater gehabt. Die Deutschen waren seine Feinde. Er hatte den Auftrag, gegen sie zu kämpfen. Also selbst wenn Roseman recht hatte: Warum sollte er sich die Mühe machen, seinen vermeintlichen deutschen Vater kennenzulernen oder ihn überhaupt sehen zu wollen? Er hatte nie einen Vater gehabt, und er war sich sicher, dass er in der Zukunft keinen brauchen würde – erst recht keinen deutschen Vater.

Oder saß in dem Verhörzimmer ein anderer Mann? Kein Naziverbrecher, sondern die Person, nach der er sich als Kind und Jugendlicher doch gelegentlich gesehnt hatte? Ein vermisster Ratgeber für schwierige Entscheidungen? Die Stütze, wenn es ihm schlecht ging? Der Vater, der das Spiegelbild für das eigene Ich im Alter war? Der Mann, in dem er sich selbst, seine Stärken, aber auch seine Schwächen erkennen konnte? Der Vater, welcher der verschollene Großvater für seine eigenen Kinder wäre?

Vater? Vater!

Er knetete nachdenklich seine Unterlippe. Schließlich drückte John Schmidt die Klinke und betrat den Raum.

Durch eine Handbewegung signalisierte er dem Wachpolizisten, den Raum zu verlassen. »Please, wait outside«, sagte er und schloss die Tür.

Gänslein, der ihm den Rücken zugewandt hatte, drehte sich um und warf einen freundlichen Blick auf den Colonel. Dieser wiederum verzog keine Miene. Er wanderte einmal um Tisch und Stühle herum und fixierte dabei den etwas unsicher wirkenden Gänslein. »Stehen Sie auf!«, sagte er schließlich und drehte eine weitere Runde um den Tisch.

»Sie sprechen Deutsch?«, fragte Gänslein beim Aufstehen.

»Seien Sie still! Die Fragen stelle ich«, erwiderte Schmidt leise, aber bestimmt. Jetzt blieb er Gänslein gegenüber stehen und blickte ihm tief in die Augen. Er sah eine seltsame Vertrautheit in diesem Gesicht – so als ob er den fremden Mann doch schon öfters gesehen hätte. Flüchtige Begegnungen, die jedoch immer wieder zustande kamen.

»Wie alt sind Sie?«, fragte er weiter.

»75 Jahre.«

»Und wo sind Sie geboren?«

»Sie sind ein Offizier der US-Army mit deutschen Vorfahren, oder? Im Gegensatz zu Sergeant Roseman, mit dem ich zuvor das Vergnügen hatte, haben Sie einen amerikanischen Akzent«, fragte Gänslein, ohne Schmidts Frage zu beantworten.

Schmidt sah Gänslein böse an. Er musterte ihn erneut: den grauen Haarschopf mit dem Seitenscheitel. Die Lachfalten um die Augen und die tiefen Furchen von der Nase zu den Lippen, die das eigentlich freundliche Gesicht streng, aber auch klug erscheinen ließen. Die weißen Bartstoppeln, die leicht gebückte Haltung, der schlanke Körperbau, die langen, feingliedrigen Finger.

Bin das etwa ich in 25 Jahren?, fragte sich Schmidt kurz. Dann verwarf er den Gedanken wieder. Lass dich nicht von deinen Gefühlen leiten, dachte er sich. Mach dir anhand der Fakten ein Bild und überprüfe, was an Rosemans Behauptung dran ist.

»So gut, wie Sie Deutsch sprechen, gehe ich davon aus, dass wahrscheinlich sogar Ihre beiden Eltern ursprünglich Deutsche sind«, fuhr Gänslein fort. »So ist es doch, oder?«

»Beantworten Sie meine Frage«, hakte Schmidt nach. »Sie sind der Gefangene, nicht ich. Wo sind Sie geboren?«

»Ich bin gebürtiger Kolbermoorer. Das liegt bei Rosenheim in Oberbayern. Und Sie? Wenn man genau hinhört, meint man, neben dem Akzent auch einen leichten süddeutschen Unterton in Ihrer Stimme zu hören. Sie sind in Süddeutschland geboren und als kleines Kind mit Ihren Eltern nach Amerika ausgewandert. Stimmt das?«

»Falsch!«, erwiderte Schmidt lapidar. »Ich bin in New York geboren. Meine Mutter war Deutsche, das ist richtig. Und meinen leiblichen Vater kenne ich nicht.

Ich habe ihn nie gesehen. Er muss ein schlechter Mann gewesen sein, da er mich und meine Mutter im Stich gelassen hat. Aber ich gehe in der Tat davon aus, dass auch er ein Deutscher war.«

»Das tut mir leid«, erwiderte Gänslein betreten.

»Ja, tut es das?«, fragte Schmidt mit zynischem Unterton in der Stimme. »Sie würden so etwas natürlich nie machen. Sie sind ein guter Deutscher.«

Gänslein rieb sich nachdenklich das Kinn. »Herr Rosenmann, der Sergeant, der mich vorhin verhörte, hat Ihnen meine Geschichte erzählt, oder?«

»Könnte sein«, antwortete Schmidt.

»Hören Sie«, fuhr Gänslein fort. »Das ist fast 50 Jahre her. Ich war jung, dumm und eigensinnig. Außerdem hat dies nicht mal im Ansatz damit zu tun, dass ich hier sitze. Ich habe mich gefangen nehmen lassen, um endlich diesen Wahnsinn zu beenden, der sich auf der anderen Seite des Mains abspielt.«

»Sie sind der Gefangene, nicht ich«, sagte Schmidt mit einem leichten Lächeln auf den Lippen. »Über was hier gesprochen wird, entscheide ich, sonst niemand.«

Gänslein atmete tief durch. »Wenn Sie meinen. Wenn Ihnen so viel an der Geschichte liegt, was wollen Sie noch wissen?«

»Sagen Sie mir den Namen der Frau, die Sie geschwängert und im Stich gelassen haben!«

»Emilia, das habe ich doch bereits dem Sergeant …«

»Und mit Nachnamen?«, hakte Schmidt nach.

»Richter, Emilia Richter«, erwiderte Gänslein.

»Sind Sie sich da sicher?«

»Natürlich bin ich das. Ich war damals Staatsanwalt, da merkt man sich, wenn jemand mit Nachnamen Richter heißt.«

Abrupt verschwand nun Schmidts Lächeln. Er wurde blass.

In seinem Kopf begann es zu arbeiten. Der alte Mann vor ihm kannte sogar den Mädchennamen seiner Mutter. Dann hatte Roseman also tatsächlich recht? Dieser Mann musste es sein. »Und … und … und wissen … wissen Sie denn auch, wie das Kind, Emilia Richters Sohn, hieß?«, stammelte jetzt Schmidt.

»Geht es Ihnen nicht gut? Sie sehen gerade etwas blass aus«, fragte Gänslein, statt zu antworten.

»Wie lautet der Name von Emilias Sohn, dessen Vater Sie sind!«, schrie nun Schmidt. Seine Augen wurden feucht.

»Johann!«, antwortete Gänslein. »Emilia nannte ihn Johann. Ihren zweiten Sohn nannte sie Wilhelm. Das hatte sie mir in einem Brief mitgeteilt.«

Schmidt schüttelte den Kopf. »Ich fasse es nicht. Dann stimmt es also«, flüsterte er. Langsam näherte er sich. »Ich bin Johann Schmidt, und du bist mein Vater. Ich bin dein und Emilias Sohn. Geboren 1898 in New York City, gezeugt im gleichen Jahr hier in Würzburg.«

»Sie machen sich über mich lustig. Das ist ein Scherz, oder?«, fragte Gänslein.

Schmidt schüttelte mit einem feinen Lächeln den Kopf.

»Das … das … das … das gibt es nicht«, stotterte Gänslein. »Das kann es nicht geben.« Ihm schossen die

Tränen in die Augen. Es wurde ihm schwindlig, und er begann zu torkeln.

John Schmidt fing ihn auf. Er nahm ihn in die Arme und hielt ihn fest. Kurz überlegte er, Gänslein wieder auf seinen Stuhl zu setzen. Dann entschied er sich anders. Er umklammerte ihn fester. So fest, wie er seine Frau hielt, bevor er in den Krieg gezogen war. So fest, wie er seinen Sohn und seine Tochter umarmte, als diese ihre eigenen Familien gegründet hatten. So fest, wie er wahrscheinlich seinen Vater schon oft festgehalten hätte, wenn er diesen schon früher – viel früher – kennengelernt hätte.

Nach einer gefühlten Ewigkeit ließ Schmidt locker.

Gänslein setzte sich auf den Stuhl. Er wischte sich die Tränen aus den Augen. Die lange graue Haarsträhne, die ihm ins Gesicht hing, strich er mit den Fingern nach hinten. Dann reichte er seinem wiedergefundenen Sohn die Hand. Schmidt streichelte mit seiner Rechten sanft die alten, knorrigen Finger seines Vaters.

»Das gibt es nicht. Das kann nicht wahr sein. Nach 47 Jahren lerne ich meinen Sohn, meinen Johann, kennen«, flüsterte Gänslein und schüttelte den Kopf.

»Nenn mich bitte John«, sagte Schmidt lächelnd. Er holte den Stuhl von der anderen Seite des Tischs und setzte sich direkt neben seinen Vater. Ungläubig sah er ihn an. »So sehen wir uns heute das erste Mal – als Feinde im Krieg, umgeben von zerstörten Häusern und toten Menschen.«

Gänslein erwiderte Schmidts Blick. »Nein, John, wir sind keine Feinde«, entgegnete er und begann, seine

Jacke mit der Armbinde des Volkssturms auszuziehen. »Auch wenn du nicht mein Sohn wärst, wären wir keine Feinde.«

Schmidt nickte. »Du hast recht. Schmeiß das Ding weg. Du bekommst eine US-Army-Jacke.«

Gänslein nickte zufrieden.

Lange sah er seinem Sohn in die Augen. »Ich muss mich bei dir entschuldigen«, begann er schließlich. »Ich war ein sturer und eigensinniger Idiot. Nicht nur, dass ich deine Mutter einfach habe ziehen lassen, nachdem meine damalige Frau sie mit etwas Geld abgespeist hatte. Nein, spätestens als mir Emilia in einem Brief mitteilte, dass es dich gibt und du Johann heißt, hätte ich mich um dich kümmern müssen. Eine Antwort auf den Brief deiner Mutter wäre das Mindeste gewesen, was man erwarten kann. Es tut mir unendlich leid, John. Bitte verzeih mir.«

Er barg sein Gesicht in den Händen und schüttelte langsam den Kopf. »Mein ganzes Leben lang bin ich ein Feigling gewesen. Ich habe jeden Konflikt gescheut und immer nur den einfachen Weg genommen. Mir war immer egal, welche Auswirkungen mein Egoismus auf andere Menschen hatte – auch auf die, welche mir nahestanden. So habe ich meine Ehefrau verloren, so habe ich Emilia verloren, so habe ich bis zum heutigen Tag nie eine weitere Beziehung zu einer Frau aufbauen können, und so habe ich es versäumt, mich um dich, John, zu kümmern, geschweige denn zumindest den Kontakt zu dir zu suchen. Mit meinen Hunden konnte ich Freundschaften schließen. Diese hatten Vertrauen zu mir – Menschen nicht.« Mit Tränen in den Augen blickte er hoch zu seinem Sohn. »Und jetzt?«, fuhr er mit leiser Stimme fort. »Jetzt bin ich alt und werde bald sterben. So wie ich selbst neulich meinen Dackel Ricco beerdigt habe, wird man auch mit mir umgehen. Man wird mich irgendwo verscharren, und keine Menschenseele wird meiner gedenken. Ich habe versagt, John. Das ist unverzeihlich, und das tut mir leid.«

»Tut es dir wirklich leid, oder hast du nur Mitleid mit dir selbst?«, fragte Schmidt und legte sanft die linke Hand auf Gänsleins Schulter. »Wir alle machen Fehler, Vater. Aber wir können uns Fehler verzeihen, wenn wir uns gegenseitig Besserung geloben. Glaub mir, irgendwann wird man sogar dem deutschen Volk die schrecklichen Verbrechen verzeihen, die es in diesem Krieg begeht. Jeder Mensch, auch ein vielleicht alter Mann wie du, kann sich ändern, vorausgesetzt, dass er seine Fehler erkennt. Und das hast du bereits getan, Vater.« Er nahm jetzt Gänsleins Hände und legte sie in seine. »Ich verzeihe dir. Und ich bin glücklich, dass wir trotz der Situation, in der wir uns befinden, die nächsten Monate und Jahre die Zeit finden werden, das nachzuholen, was wir über die Jahre hinweg versäumt haben: uns gegenseitig als Vater und als Sohn kennenzulernen und wertzuschätzen. Was hältst du davon?«

Gänslein presste die Lippen aufeinander und nickte. »Ich danke dir, John«, flüsterte er.

Schmidt lächelte. »Ich danke dir und dem Zufall, der uns hier zusammengeführt hat. Es gibt noch viel zu reden, Vater. Ein ganzes Leben haben wir uns gegenseitig zu berichten«, sagte er und stand auf. »Aber zunächst gibt es andere Prioritäten. Hast du Hunger?«

»Ja!«, antwortete Gänslein und erhob sich ebenfalls. »Ich hätte gerne ein warmes Mittagessen, eine wärmende Jacke und ein langes Gespräch mit dir, meinem Sohn.«

»Lässt sich machen! Komm mit«, sagte Schmidt lächelnd und ging zur Tür des Verhörraums.

»Johann?«, fragte Gänslein, als sie beide den Raum verlassen hatten.

»Nicht Johann, sag bitte John«, erwiderte Schmidt lächelnd.

»Entschuldigung, John. Bin ich eigentlich jetzt frei und aus der Gefangenschaft entlassen?«

»Du bist ein freier Mann, Vater«, antwortete Schmidt.

»Hm, das ist gut«, fuhr Gänslein zögerlich fort. »Es ist nur – versteh mich jetzt bitte nicht falsch – es gibt nur eine sehr wichtige Person, die mir große Sorgen macht.«

Schmidt sah ihn fragend an.

»Mach dich jetzt bitte nicht lustig über mich. Ich habe vor ein paar Tagen in den Ruinen der Stadt eine Frau kennengelernt. Ich weiß nicht, ob es so etwas gibt, aber für mich fühlt es sich wie die späte Liebe meines Lebens an. Henriette wartet seit über zwei Wochen auf mich. Ich habe ihr versprochen, so schnell wie möglich zu ihr zu kommen. Wir wurden getrennt, als ich für den Volkssturm zwangsrekrutiert wurde.«

»Und wo ist deine Henriette jetzt?«

»Sie hatte vor, bei ihrer Cousine, einer Ernestine Karrer, in Randersacker auf mich zu warten.«

»Ernestine Karrer aus Randersacker«, wiederholte Schmidt. »Randersacker? Das sagt mir gar nichts. Wo ist das?«

»Auf der rechten Mainseite. Etwa fünf Kilometer flussaufwärts von Würzburg. Ich könnte Henriette noch heute holen, am besten jetzt gleich, und mit ihr gemeinsam wieder zu dir zurückkommen.«

Schmidt schüttelte zweifelnd den Kopf. »So nahe bei Würzburg und auf der rechten Mainseite gelegen ist das Kampfgebiet. Das wäre zu gefährlich. Außerdem hast du ja mitbekommen, dass alle Brücken zerstört sind.«

»Kann ich nicht mit einem Boot …?«

»Vater, auf dich würde geschossen werden. Mach das nicht.« Schmidt legte die Hand auf Gänsleins Schulter. »Pass auf, morgen, spätestens übermorgen ist das hier zu Ende«, sagte er jetzt lächelnd. »Sobald keine Schüsse mehr fallen, verspreche ich dir, dich persönlich mit einem Jeep der US-Army nach Randersacker zu bringen. Deal?«

Gänslein erwiderte Schmidts Lächeln. »Einverstanden! Danke dir.«

15

Nachdem Corporal Cramer den Funkspruch mit den neuen Befehlen aus der Kommandozentrale erhalten hatte, führte er seine Männer ein paar Häuserblocks zurück bis zum Vierröhrenbrunnen. Gemeinsam mit fünf weiteren Platoons warteten Cramer und seine Maschinengewehr-Truppe auf den Vormarschbefehl. Ein junger Captain namens Burdt hatte das Kommando übernommen. Die Wartezeit wurde genutzt, um etwas zu essen, zu rauchen oder einfach nur ein paar Minuten vor sich hin zu dösen.

Um 11.30 Uhr hörten die Männer aus der Ferne das metallische Surren der Panzerketten. Bald kamen brummende Motorengeräusche hinzu. Dann bogen die beiden Stahlungetüme um die Ecke: zwei M4 Sherman Tanks, jeder etwa 30 Tonnen schwer. Es waren die ersten amerikanischen Panzer auf der rechten Mainseite. Für die Behelfsbrücke waren die Kolosse zu schwer, sie wurden daher mit speziellen Lastenflößen, welche die Pioniere zuvor zusammengeschraubt hatten, über den Fluss gebracht.

Die imposante Erscheinung der Panzer ließ die Infanteristen jubeln. Jeder stand jetzt auf und sammelte sich hinter seinem Platoon-Führer. Kaum war die Kolonne versammelt, folgte ein fünfminütiger Dauerbeschuss mit

Mörsern und Artillerie über die Köpfe der Männer hinweg. Der Weg zu ihrem Ziel im Hofgarten sollte ihnen freigebombt werden.

Dann gab Captain Burdt den Befehl zum Vormarsch.

Hinter den Panzern sammelten sich die Infanteristen. In langsamem Schritttempo über Schuttberge hinweg ging es durch die Würzburger Innenstadt. Jeder der Soldaten schaute wachsam nach allen Seiten – auch nach hinten. Sie waren jetzt gewarnt. Scharfschützen oder Volkssturmangehörige mit Panzerfäusten sollten frühzeitig entdeckt werden. Immer wieder schwärmte ein Trupp in eine der Ruinen links und rechts des Weges aus, um lauernde Feinde zu bekämpfen. Vor allem Häuser, die mit *SR* gekennzeichnet waren, wurden nun gründlich durchsucht. Bemerkten die Männer am Straßenrand einen Notausstieg, wurde, ohne lange nachzudenken, die Tür geöffnet, zwei Handgranaten wurden reingeworfen und anschließend die Stahlklappe wieder rasch geschlossen. Gänsleins Informationen hatten zur Änderung der Angriffsstrategie geführt.

Der massiven Feuergewalt hatten die wenigen in den Kellern und Ruinen verbliebenen Deutschen nichts entgegenzusetzen. Viele starben. Der Rest sammelte sich zur Verteidigung des Hofgartenbunkers, in dem die Führung des Polizeipräsidiums, aber auch zahlreiche Verwundete untergebracht waren.

Captain Burdt führte seine Männer ohne Verluste bis zum Residenzplatz. Von hier zogen sie weiter Richtung Hofgarten. An der Orangerie, dem Gewächshaus des Gartens, teilte er die Truppe auf. Der Großteil versammelte sich vor dem trotz der erheblichen Zerstörung des Gebäudes nicht zu übersehenden Zugang an der westlichen Seite. Einer der Panzer rollte über den südlichen Teil des Hofgartens hinweg und richtete das Rohr auf die stählerne Tür. Der zweite Panzer wurde mit etwa zwei Dutzend Infanteristen weiter zur nördlichen Begrenzung des Gartens beordert. Die verbliebenen Soldaten positionierten sich an der Front des Gebäudes. Hier war eine zweite kleinere Stahltür, die ebenfalls mit *SR* gekennzeichnet war.

Burdt stellte sich vor den Haupteingang zum Bunker und griff sich ein Megafon. »Deutsche Soldaten! Geben Sie auf!«, rief er mit starkem englischem Akzent.

Außer dem Tuckern der Motoren der Panzer herrschte Stille. Jeder wartete auf eine Reaktion. Etwa drei Minuten später hielt sich Burdt erneut das Megafon vor die Lippen. »Geben Sie auf!«, rief er ein zweites Mal. »Wir wissen, wo Sie sind.«

Es dauerte nicht lange, und die Stahltür öffnete sich langsam, begleitet durch ein lautes Quietschen. Die Soldaten richteten alle ihre Gewehre auf die Tür. Als Erstes sahen sie ein weißes Stück Stoff. Wild mit dem Stofffetzen wedelnd, trat der Polizeipräsident ins Freie. Kaum dass er die Läufe der Waffen auf sich gerichtet sah, hob er beide Hände weit nach oben. »Nicht schießen!«, rief er. »Wir ergeben uns.«

Einer nach dem anderen folgten ihm nun etwa 60 Volkssturmangehörige sowie mehrere Polizisten. Viele von ihnen waren verwundet. Sie humpelten und trugen Kopfverbände über schmerzverzerrten Gesichtern.

Captain Burdt und die anderen Männer hatten den Befehl erfolgreich ausgeführt. Die Gefangenen wurden einer nach dem anderen auf Waffen untersucht und in den Ringpark getrieben, wo ein provisorisches Kriegsgefangenenlager aufgebaut wurde.

»Ich glaube es nicht! Ich kann das einfach nicht glauben«, sagte wenig später Oberst Wolf und schüttelte den Kopf. Er hatte sich mit beiden Händen auf dem Tisch im Konferenzraum der Kommandozentrale an der Salvatorstraße aufgestützt. Neben ihm standen Oberbürgermeister Memmel und Hauptmann von Koschwitz. Alle drei beugten sich über eine ausgebreitete Karte des Würzburger Stadtgebiets. Sie hatten tiefe Ringe unter den Augen und wirkten müde. Es war zwar erst später Nachmittag, aber in dem fensterlosen Bunker, den sie seit drei Tagen nicht verlassen hatten, war ihr Zeitgefühl verloren gegangen. Sie schliefen irgendwann und wenn, dann nie länger als drei Stunden.

»Der Tag ging so vielversprechend los, und jetzt das. Ich kann das nicht glauben«, wiederholte er sich und starrte weiter auf die Karte. »Die gesamte Stadt, vom Hauptbahnhof im Norden, an den Gleisen entlang einschließlich des Hauptfriedhofs bis zur Randersackerer Straße im Süden – alles in der Hand des Feindes! Wie konnte das passieren?«

»Die Kommandozentrale im Hofgartenbunker mit den dort ausharrenden Soldaten und Polizisten wurde kampflos aufgegeben. Es mag noch ein paar verstreute Scharfschützen geben, aber der Rest …«, begann Memmel.

»Der Rest ist verhaftet«, ergänzte Wolf. »Diese Feiglinge! Hissen die weiße Flagge, statt zu kämpfen. Der Nächste, der sich dem Feind ergibt, wird sofort erschossen. Das ist ein Befehl! Hauptmann von Koschwitz, geben Sie das an die Männer weiter.«

Der Hauptmann ging einen Schritt zurück und zögerte.

»Haben Sie mich nicht verstanden?«, fragte Wolf ärgerlich nach.

»Herr Oberst, bei allem Respekt, aber wenn wir uns solche Sachen leisten, dass wir unsere eigenen Leute am Straßenrand erschießen, dann ist der Krieg schneller verloren, als wir uns das wünschen.«

Nun streckte sich Wolf. Er stellte sich mit nur wenigen Zentimetern Abstand vor dem Hauptmann auf. Mit grimmigem Gesicht blickte er hoch zu dem deutlich größeren Koschwitz. »Wenn Sie noch einmal Ihr Maul aufreißen und ungefragt so einen Blödsinn verzapfen, dann sind Sie der Erste, den ich jetzt hier vor dem Bunker persönlich auf der Straße erschießen werde. Haben wir uns verstanden?«

Von Koschwitz ging einen halben Schritt zurück, dann schlug er die Hacken zusammen. »Jawohl, Herr Oberst!«, erwiderte er und blickte unsicher an Wolf vorbei zur Decke.

Der Oberst nickte kurz, dann wandte er sich wieder der Karte zu. »Also, fahren wir fort. Wo stehen wir?«

»Wir haben noch wenige 100 Männer«, begann Memmel. »Der Feind hat sich mittlerweile an der Bahnlinie hinterm Hauptfriedhof positioniert. Am heutigen Tag wird nichts mehr passieren, aber ich denke, dass morgen mit der Verstärkung der Behelfsbrücke auch schwere Artillerie auf der rechten Mainseite ankommen wird.«

»Es wurden heute bereits zwei Panzer im Innenstadtbereich gesehen«, ergänzte von Koschwitz.

»Ist die Brücke für Panzer befahrbar?«, fragte Wolf.

»Das sieht nicht so aus, Herr Oberst«, antwortete der Hauptmann. »Zumindest nicht für schwere Gefechtspanzer. Es müssen Flöße eingesetzt worden sein. Aber ich fürchte, dass die Nutzung der Behelfsbrücke auch für schweres Gerät nur eine Frage der Zeit ist.«

»Die Brücke, die Brücke, die Brücke«, murmelte Wolf vor sich hin. »Wenn da morgen Dutzende Panzer darüberrollen können, folgt mit ihnen die gesamte Division. Dann haben wir 10.000 feindliche Soldaten in der Stadt. Wir müssen diese Behelfsbrücke zerstören, dann gewinnen wir Zeit und können auf Verstärkung hoffen.«

»Und die eigene Artillerie? Können wir die nicht zur Zerstörung der Brücke nutzen?«, fragte Memmel.

»Die Reichweite der wenigen Flak-Geschosse, die wir noch haben, reicht nicht aus. Zudem lassen sich damit keine gezielten Treffer landen«, antwortete von Koschwitz.

»Luftunterstützung?«, hakte Memmel nach.

»Illusorisch! Wir müssen das Wenige, was uns geblieben ist, mit List und Tücke in die Schlacht schicken«, erwiderte Wolf. Er beugte sich jetzt noch tiefer über die Karte und dachte nach.

Dann sah er Memmel und von Koschwitz an. »Meine Herren, mit den frühen Morgenstunden starten wir einen Überraschungsangriff. Drei Stoßtrupps werden gebildet: Den ersten kleineren Trupp setzen wir hier beim Hauptfriedhof ein«, sagte er und zeigte mit dem Finger auf das Areal am östlichen Ende der Innenstadt. »Bisher war das unsere Hauptstoßrichtung. Der Feind soll daher denken, dass wir hier Gebiet zurückerobern wollen. Sie, Herr Memmel, führen den zweiten Trupp an und greifen vom Süden aus an. Ihr Volkssturm soll den Amerikaner bei der Brücke attackieren. Ich erwarte erbitterte Gegenwehr von Ihnen. Das deutsche Volk wollte diesen Krieg. Jetzt soll es ihn kämpfen – mit allem, was ihm bleibt. Ich möchte bluthungrige, erbarmungslose Tiere sehen, Herr Memmel. Im Zweifelsfall sollen sie mit Messern, Beilen, Hämmern oder Fäusten angreifen. Wie tollwütige Hunde sollen sie den Amerikanern die Kehle durchbeißen. Keine Aufgabe, kämpfen bis zum letzten Mann. Wir haben uns verstanden, Herr Oberbürgermeister?«

Memmel nickte. »Jawohl, Herr Oberst. Sie können sich auf mich und den Volkssturm verlassen.«

»Gut so!«, erwiderte Wolf. »Und nun zu Ihnen, Hauptmann von Koschwitz. Der eigentliche Angriff erfolgt hier im Norden – dort, wo es der Feind am wenigsten erwartet.« Er tippte mit dem rechten Zeigefinger mehrfach auf den Hauptbahnhof. »Hier möchte ich erfahrene und gut ausgebildete Wehrmachtssoldaten sehen, die Sie anführen, Herr Hauptmann. Führen Sie die Kompanie von Grombühl aus runter in Richtung Schlachthof. Dann kämpfen Sie sich flussaufwärts am Kai entlang bis zur Behelfsbrücke. So nehmen wir den Gegner in die Zange und durchschneiden schließlich dessen Versorgungsader.«

Von Koschwitz nickte aufmerksam.

Wolf warf einen prüfenden Blick auf die beiden anderen. »Meine Herren, ich zähle auf Sie. Der Feind soll in der Dämmerung überrascht werden. Wir haben 200 Soldaten im Norden, etwa 200 Volkssturm-Kämpfer im Süden und ein paar Dutzend Soldaten im Osten. Sonnenaufgang ist um 6.45 Uhr. Der Angriff erfolgt daher zeitgleich im Norden, Osten und Süden um 5.15 Uhr. Haben wir noch *Pervitin*-Vorräte?«

»Wir müssten noch einige 100 Röhrchen haben«, antwortete von Koschwitz.

»Sehr gut«, erwiderte Wolf nickend. »Um 4 Uhr wird geweckt und versammelt. Dann verteilen Sie die Panzerschokolade an die Männer, bevor es losgeht. Ich möchte wache und vor allem wilde Kämpfer sehen.«

Hauptmann von Koschwitz verbrachte die Zeit bis zu den frühen Morgenstunden mit dem verbliebenen Rest seiner Kompanie in mehreren leeren Wohnhäusern im Stadtteil Grombühl am nördlichen Ende der Stadt. Viele waren sie nicht mehr. Über die Hälfte der Männer war bereits gefallen. Und die wenigen, die noch kämpfen sollten, waren entweder zu jung und unerfahren, oder sie waren kriegsmüde und schlecht ausgerüstet. Wolfs Plan, durch eine Gegenattacke die Stadt zurückzuerobern, war strategisch ein Unsinn. Sie hatten keine Chance, dessen war sich von Koschwitz sicher. Der Feind war ihnen in allem überlegen. Und auch die Hoffnung auf Verstärkung war ein Trugschluss. Wo sollten die Panzerbrigaden denn herkommen? Der Kampf, die Schlacht und der Krieg – alles war verloren. Wie er selbst waren bereits vor ihm sein Vater, Großvater und Urgroßvater Soldaten gewesen. Seit Generationen war es Familientradition, im preußischen und später im deutschen Heer zu dienen, treu die Befehle auszuführen und Ruhm und Ehre für das Vaterland zu erringen. Und jetzt? Wie ein Schaf sollte er zur Schlachtbank geführt werden. Kein Klagen, kein Schreien, kein Davonlaufen – nur das machen, was man von ihm erwartete, was man ihm zuvor befohlen hatte. Von Koschwitz war ein braver Soldat – er war kein Held. Und so beugte er sich seinem Schicksal, einen Kampf zu beginnen, den er nur verlieren konnte.

An Schlaf dachte er nicht in dieser kurzen Nacht. Um die trüben Gedanken zu vertreiben, nahm er bis in die frühen Morgenstunden hinein in zwei- bis dreistündigem Abstand eine Tablette *Pervitin*. Wenn die Wehrmacht schon keine Waffen und Munition mehr hatte, so waren wenigstens noch genügend Drogen vorrätig, um die Angst vor Schmerz und Tod zu lindern und die drohende Niederlage erträglicher zu gestalten.

Theo Memmel verbrachte die Zeit bis zum frühen Morgen am Fuß des Würzburger Neubergs im Südosten der

Stadt. Mit ihm warteten die knapp 200 verbliebenen Volkssturmangehörigen, darunter auch Memmels Sohn Theo junior und dessen Freund Herbert – die beiden Pimpfe, denen Gänslein die Trennung von Henriette zu verdanken hatte. Anders als die meisten der Soldaten am nördlichen Ende der Stadt brauchten die Männer und Knaben des Volkssturms keine Motivation. Sie waren Fanatiker. Jeder wollte kämpfen und im Zweifelsfall für das Vaterland sterben. Memmel war sich dessen sicher. Und dennoch hatte auch er vor, allen mit dem Morgentee eine Tablette *Pervitin* zu geben – egal ob Pimpf oder Greis. Er wollte aus den kampfbereiten Tieren des Volkssturms Bestien machen. Dafür war auch ihm jedes Mittel recht.

Und Oberst Wolf? Er verbrachte den Abend mit der Auflösung des Lagers des Kampfkommandanten im Bunkerbau in der Salvatorstraße. Zuvor hatte er Befehle aus Berlin vom Oberkommando der Wehrmacht erhalten. Die versprochene Verstärkung wurde direkt nach Nürnberg abgezogen, um dort entsprechende Vorbereitungen zur anstehenden Verteidigung der Stadt zu treffen. Wolf sollte als Kampfkommandant versetzt werden. Das Oberkommando für Würzburg hatte er folglich schon vor Beginn der geplanten Gegenoffensive aufgegeben. Es gab für ihn nichts mehr zu tun, seine Befehle lauteten nun anders. Er sollte alle potenziell verfänglichen Dokumente und Befehlsabschriften vernichten und am nächsten Morgen die Stadt verlassen. Wolf haderte nicht mit der Kapitulation Würzburgs. Nürnberg, die Stadt der Reichsparteitage, war wichtiger. Und ihm als Kampfkommandanten schien man trotz der zu erwartenden Niederlage am Main weiter zu vertrauen. Das erschien ihm als Auszeichnung genug. Am späten Abend legte sich Oberst Wolf müde in eines der Stockbetten im Bunker. Er schlief sofort ein.

16

Um 4 Uhr begannen sich die drei Stoßtrupps an den vereinbarten Orten zu sammeln. Ob Kämpfer, gemeiner Soldat oder Kommandeur, jeder erhielt mit einer Tasse warmem Kräutertee und einer dicken Scheibe Brot eine Tablette *Pervitin*. Dann wurden die Gruppen eingeteilt. Waffen und Munition wurden verteilt. Pünktlich um 5.15 Uhr zog das letzte Aufgebot zur Verteidigung der Stadt in die Schlacht.

Corporal Cramer hatte mit seinen Männern und drei weiteren Platoons Stellung in drei Häusern in der Crevennastraße direkt beim Hauptfriedhof bezogen. Die Gebäude hier waren weitgehend intakt. In den verlassenen Wohnungen standen benutzbare Betten. Jeder war müde von den Strapazen des vergangenen Tages und froh, ein paar Stunden auf einer weichen Matratze liegen zu können.

Um 5.30 Uhr wurde Cramer von einem Geräusch geweckt. Er hörte die Stimme erst beim zweiten oder dritten Mal. Immer wieder waren es die gleichen Worte: »Amerikanische Soldaten! Ich ergebe mich!«, rief ein Mann draußen auf der Straße.

Cramers Zimmer war im dritten Stock des Hauses. Er stand auf und ging zu dem Fenster. Er rüttelte daran, um nach der Quelle der Stimme zu suchen. Der Rahmen schien verzogen zu sein, also durchschlug er mit dem Gewehrkolben das Glas. Scherben fielen klirrend auf die Straße.

»Amerikanische Soldaten! Hier bin ich«, schrie der Mann jetzt noch lauter. Vorsichtig, mit dem Gewehr im Anschlag, lugte Cramer hinaus. Es war noch dunkel, dennoch erkannte er im Mondlicht und der aufkommenden Dämmerung einen deutschen Soldaten, der vor der Friedhofsmauer stand und heftig eine weiße Fahne schwenkte. Der Mann schien Cramer jetzt ebenfalls wahrgenommen zu haben. Langsam bewegte er sich auf das Haus in der Crevennastraße zu. »Ich ergebe mich!«, schrie er erneut und schwenkte die Fahne. Er blieb ab und zu stehen und sah sich um. Zwei weitere Infanteristen aus Cramers Platoon hatten nun ebenfalls den Mann bemerkt. »Come over here!«, rief einer der beiden.

Cramer kam die Angelegenheit merkwürdig vor. Ein desertierender Soldat, der laut in der Dunkelheit zu schreien beginnt? Als der Mann nahe beim Haus war, rannte Cramer die Treppe hinunter, um sich selbst einen Eindruck zu verschaffen. Er sah, wie drei weitere seiner Männer auf die Straße eilten und den vermeintlichen Deserteur rasch durch die Tür in den Flur des Treppenhauses zogen. Cramer ging näher heran und warf im Halbdunkeln einen Blick auf ihn. Es war ein SS-Mann. Ihm wurden seine Pistole und ein Messer, das an sein Bein geschnallt war, abgenommen. Der SS-Mann ließ alles lächelnd und ohne erkennbare Angst über sich ergehen. Cramer schüttelte zweifelnd den Kopf. Er fragte sich, warum der Mann lächelte. War es Erleichterung? Oder? Oder war es gar Spott?

Instinktiv lief er die Treppen wieder hoch. Er weckte alle Männer, die noch in ihren Betten lagen, und befahl ihnen, ihm auf das Dach des Gebäudes zu folgen. Kaum dass er dort angekommen war und einen Blick nach unten auf die Straße warf, wusste er, dass der SS-Mann weder aus Dankbarkeit noch vor Erleichterung gelächelt hatte. Cramer sah jetzt, wie in gebückter Körperhaltung eine SS-Kampftruppe über die offene Kreuzung lief. Der Deserteur war der Lockvogel gewesen, der die amerikanischen Stellungen aufdecken sollte.

Rasch nahm Cramer sein Maschinengewehr in Anschlag und winkte die anderen Männer zu sich. Im gleichen Moment, als er das Feuer auf den Kampftrupp eröffnete, kam es zu einer donnernden Explosion im Erdgeschoss des Gebäudes. Ein deutscher Soldat hatte eine Handgranate hineingeworfen. Es folgten Schreie sterbender Männer. Vom Dach herab schossen nun Cramer und drei weitere Angehörige seines MG-Trupps auf alles, was sich im Halbdunkel der Straße unter ihnen bewegte. Die Antwort folgte sofort. Die Sprengladung einer Panzerfaust pfiff knapp über ihre Köpfe hinweg. In dem benachbarten Haus detonierte eine weitere Sprengladung und schlug ein dickes Loch in die Wand. Einige der hier untergebrachten Soldaten schienen getroffen worden zu sein. Man hörte die Schmerzensschreie der im Schlaf überraschten Männer.

Nach einem etwa zweiminütigen Kugelwechsel wurde es etwas ruhiger. Der Corporal wechselte das Magazin und wies den mittlerweile ebenfalls auf dem Dach stehenden Funker an, die Kommandozentrale zu verständigen, um Verstärkung und Artillerieunterstützung anzufordern. Vorsichtig sah er nach unten. Viele der deutschen Soldaten lagen tot auf der Straßenkreuzung. Die wenigen Überlebenden schienen sich Schutz suchend in eine gegenüberliegende Ruine zurückgezogen zu haben. Beide Seiten – Deutsche und Amerikaner – atmeten kurz durch, bevor das Gefecht weiterging. Auch Cramer drehte sich weg. Im Osten begann langsam die Sonne aufzugehen. Von dem Dach des Hauses hatte er einen guten Überblick. Er kniff die Augen zusammen, um nachzusehen, ob aus östlicher Richtung weitere deutsche Soldaten zur Verstärkung anrückten. Es waren nicht mehr als zwei Handvoll SS-Männer gewesen, die ihre Stellung aufgedeckt hatten. Sollte das etwa alles gewesen sein? Nachdem er keinerlei Truppenbewegungen erkannte, drehte er sich weiter in Richtung Norden. Er sah am *Missionsärztlichen Institut* vorbei. Seine Blicke folgten dem Bahndamm. Im fahlen Licht der Dämmerung meinte er, Bewegungen auf den Gleisen wahrzunehmen. Cramer ging bis zum Rand des Dachs und kniff die Augen zu. Da war etwas – nur zu weit weg, um es einordnen zu können.

Zur Verwunderung der anderen US-Schützen legte er sein Gewehr auf den Boden und kletterte durch die Dachluke hinunter.

Wenige Sekunden später kehrte er mit einem Fernstecher in der Hand wieder zurück. Zielstrebig eilte er an den Rand des Dachs. Die Vergrößerung reichte jetzt, um zu erkennen, was sich dort am Bahndamm bewegte. Es war nicht, wie beim Angriff vor wenigen Minuten, eine Kampftruppe aus ein bis zwei Dutzend – dieses Mal waren es 100 bis 200 Soldaten, ein ganzes Regiment, welches in Richtung Main marschierte. Jetzt wusste Corporal Cramer, dass der Funker seines Platoons noch eine weitere Nachricht an das Oberkommando und Colonel Schmidt zu verschicken hatte.

*

Äußerlich wirkte Hauptmann von Koschwitz ruhig und entspannt, als er sich mit seinem Regiment in Bewegung setzte. Innerlich sah es anders aus. Sein Puls raste, die Atmung war schnell. Wäre es bereits hell gewesen, hätte jeder gesehen, wie dem Hauptmann trotz der kalten Temperatur an diesem frühen Morgen der Schweiß von der Stirn tropfte. So erfüllte er klaglos seinen Befehl – und mit ihm die Männer seines Regiments. Das *Pervitin* half. Sie alle waren willig und bereit, in die Schlacht zu ziehen, den Feind zu vernichten und die Behelfsbrücke zu zerstören. Und dennoch hatten sie Angst. Sie wussten, dass ihnen die US-amerikanischen Truppen überlegen waren.

Das Regiment bewegte sich leise, aber zielstrebig. Jeder Wortwechsel war untersagt. Der Feind sollte überrascht werden. Mit einem Angriff vom Norden her würde er nicht rechnen.

Doch es kam anders für Hauptmann von Koschwitz und seine Männer.

Sie hatten noch nicht mal den Main erreicht, als im frühen Dämmerungslicht unerwartet und plötzlich Artilleriefeuer auf sie niederprasselte. Granatsplitter gemischt mit Schottersteinen des Bahndamms flogen umher. Es gab keine Deckung. Manche der Männer legten sich flach zwischen die Eisenbahnschienen. Andere liefen blindlings in alle Richtungen, um dann von Splittern getroffen zu werden.

Von Koschwitz kauerte sich auf den Boden und sah sich nach einer Schutzmöglichkeit um. »Wir müssen weiter nach vorne«, rief er schließlich seinen Männern zu und winkte wild. »Rasch dorthin, durch den Park.«

Er eilte voraus, das Regiment folgte ihm. So schnell sie konnten, rannten sie durch den nördlichen Teil des Ringparks zum Schlachthof. Hinter ihnen schlugen donnernd die Granaten ein. Wer zu langsam lief, wurde erwischt.

An der Mauer des Schlachthauses am Röntgenring gab es etwas Schutz. Hier sammelten sie sich. Sie machten eine kurze Verschnaufpause, bevor von Koschwitz befahl, nach links, am nahen Fluss entlang, weiterzulaufen. Schreiende, verletzte Männer ließ man sterbend zurück. Für Barmherzigkeit reichte die Zeit nicht.

*

Vater und Sohn Memmel gingen an der Spitze des Volkssturms durch die dunkle Randersackerer Straße. Memmel junior strahlte bis über beide Ohren. Der Sohn war stolz und glücklich, an der Seite seines Vaters in die Schlacht ziehen zu dürfen. An seiner anderen Seite ging mit geschwellter Brust sein Freund Herbert.

»Es ist schade, dass uns Mutter nicht sehen kann«, sagte Theo zu seinem Vater.

»Da hast du wohl recht«, erwiderte Oberbürgermeister Memmel. »Heute Abend, spätestens morgen wirst du ihr von deinen Heldentaten erzählen können.«

»Ja, das werde ich«, behauptete Theo mit leuchtenden Augen. Fast zärtlich streichelte er nun die Pistole in seiner Hand. Es war eine *Walther P.38*, die ihm sein Vater am gestrigen Abend geschenkt hatte. Herbert neben ihm sah neidvoll auf die Waffe in der Hand seines Freundes.

»Die Pistole gefällt dir, oder?«, fragte Memmel.

Theo nickte. »Es ist das schönste Geschenk, das ich jemals bekommen habe.«

Lächelnd legte ihm sein Vater die Hand auf die Schulter. »Du denkst daran, acht Kugeln sind in dem Magazin …«

»Und jede Kugel entspricht einem toten Amerikaner«, ergänzte Theo.

»So ist es«, wurde er bestätigt.

»Theo, darf ich die Pistole auch benutzen?«, fragte schüchtern der kleinere Herbert an seiner Seite.

»Nein, das darfst du nicht«, erwiderte Theo streng. »Du hast zwei Panzerfäuste, damit kannst du viel größeren Schaden anrichten.«

Herbert nickte zustimmend.

Ungestört, in gleichmäßigem Schritttempo, gingen sie gemeinsam weiter.

Etwa drei Minuten später hörten sie in der Ferne Schüsse. Kurz hielt Memmel den Tross an und lauschte. »Das kommt vom Friedhof«, sagte er. »Jetzt wird es gleich ernst werden. Ich hoffe, dass jeder weiß, was dann zu tun ist.«

»Ja, das wissen wir«, antwortete Theo stellvertretend für alle. »Sobald wir an der Löwenbrücke sind, schwärmen wir aus und töten jeden, der kein deutsches Blut in sich fließen hat.«

Memmel nickte zustimmend. Dann signalisierte er der Truppe mit einer Handbewegung, wieder weiterzugehen.

»Theo, da ist noch eine andere Sache, die du wissen musst«, flüsterte er seinem Sohn zu, als sie weiter Richtung Innenstadt gingen. »Wenn wir ausschwärmen, kann es sein, dass wir beide uns trennen müssen und uns verlieren werden.«

Theo sah jetzt aufmerksam auf seinen Vater.

»Sollte das passieren«, fuhr Memmel fort, »treffen wir uns in Veitshöchheim bei Tante Gisela. Hast du das verstanden?«

»Wir treffen uns bei Tante Gisela – aber zuvor knall ich Amerikaner ab. So soll es doch sein, oder? Acht Patronen für acht tote Amerikaner?«

»Ja, so soll es sein«, bestätigte sein Vater.

Im gleichen Moment nahmen sie die Blitzlichter gefolgt vom Donnern der Granateinschläge im Norden der Stadt wahr. »Das Regiment unter Hauptmann von Koschwitz wird angegriffen, noch bevor es die Brücke erreicht hat«, flüsterte Memmel vor sich hin. »Wolfs Finte ist gescheitert. Jetzt liegt es an uns.«

17

Corporal Cramers Funkspruch war genau zur richtigen Zeit angekommen. Der nicht mehr erwartete Gegenangriff der Deutschen hatte stattgefunden. Mit Beginn der Dämmerung schickte Colonel Schmidt sein gesamtes 232. Infanterieregiment in die Schlacht. Alle bereits auf der rechten Mainseite befindlichen Soldaten wurden in das Gefecht geschickt. Die links des Mains stationierte Truppe eilte im Laufschritt in einer nicht enden wollenden Kette über die Behelfsbrücke. Zudem wurden weitere Panzer und Räumfahrzeuge mit Flößen über den Fluss gebracht.

Cramers Wunsch nach Verstärkung und Artillerie wurde somit schnell erfüllt. Bulldozer räumten die Ringstraße frei. Hinter ihnen fuhren Mannschaftswagen. Sobald eine ausreichende Reichweite zum Hauptfriedhof – dort wo sich die deutschen Truppen verschanzt hatten – erreicht war, feuerten Mörser-Einheiten Granaten ab. Kurz danach wurden die Stellungen gestürmt. Die wenigen deutschen Soldaten, welche die Bombardierung überlebt hatten, wurden verhaftet oder erschossen. Dann zog Cramer mit seinen MG-Schützen sowie der eingetroffenen Verstärkung weiter. Bis zum Mittag hatten sie ohne nennenswerte Gegenwehr die gesamte Stadt im Osten eingenommen – einschließlich des mittlerweile verlassenen Kommandobunkers und der schmucken Villa des geflohenen Gauleiters.

*

Von Koschwitz' Entscheidung, vom Schlachthof direkt zum Main zu gehen und sich dort Richtung Behelfsbrücke vorzukämpfen, war ein Fehler gewesen. Durch den fehlenden Schutz zum Fluss hin war sein Regiment sofort sichtbar und ein leichtes Ziel für die weiter südlich positionierten amerikanischen Truppen. Kaum dass die deutschen Soldaten den Kranenkai betraten, prasselten Maschinengewehrsalven auf sie nieder. Etwa ein Dutzend der Männer starb sofort. »Nach links! Weg vom Fluss!«, schrie von Koschwitz und lief selbst so schnell er konnte in gebückter Haltung in Richtung Gerbergasse.

Hier, in den engen Straßen, parallel zum Main, begann nun der Häuserkampf.

Geschützt durch Ruinen, kämpften sich die kampferprobten Soldaten mit dem Hauptmann an der Spitze Block für Block weiter. Sie schlichen beidseits an den Wänden entlang und hielten nach feindlichen Soldaten Ausschau. Auf alles, was sich bewegte, wurde geschossen. Beim Kampf Mann gegen Mann half den amerikanischen Infanteristen ihre materialmäßige Überlegenheit wenig. Jetzt waren erstmals auch auf deren Seite die Verluste hoch. Als das deutsche Regiment sich weiter durch die Karmelitengasse kämpfte, zogen sich die Amerikaner daher zurück.

Die Strategie wurde nun geändert. Man überließ den Deutschen die Karmelitengasse am Westflügel des Rathauses, während auf der Auffahrt zur Alten Mainbrücke und am Vierröhrenbrunnen zwei leichte Kampfpanzer in Stellung gebracht wurden. Die Mündungen der fest montierten Maschinengewehre wiesen in Richtung Norden, dorthin, von wo man die Deutschen erwartete. Deren weiterer Weg nach vorne war somit versperrt. Gleichzeitig fuhr, vom Marktplatz kommend, am Rathausplatz vorbei ein dritter Panzer in die Gasse, um den Weg zurück abzuriegeln. Die engen Gassen, die zuvor Schutz geboten hatten, wurden jetzt zum Gefängnis. Die Wehrmachtsoldaten saßen in der Falle.

Mit fragenden Blicken sammelten sich die Männer des Regiments hinter ihrem Hauptmann. Mit dem Rücken zur Wand des Rathauses sah von Koschwitz kurz nach Norden und nach Süden. Er verschaffte sich einen groben Überblick über die Zahl der verbliebenen Männer. Von ursprünglich 200 Soldaten war nur mehr etwa ein Drittel kampffähig. Von Koschwitz atmete einmal tief durch.

»Sinnlos«, murmelte er schließlich. Dann warf er sein Gewehr auf den Boden und rief laut und für alle hörbar: »Wir ergeben uns!« Langsam und mit erhobenen Händen ging er in Richtung Domstraße. Seine Männer folgten ihm in gleicher Weise.

Als sie die enge Karmelitengasse verlassen hatten, wurde das verbliebene Regiment sofort von US-Infanteristen mit ihren MGs im Anschlag umkreist. Knapp 100 Meter vor ihrem Ziel, der behelfsmäßig wieder aufgebauten Löwenbrücke, wurde die letzte Offensive der Wehrmacht beendet.

Es herrschte ein Moment angespannter Stille auf beiden Seiten, bis ein amerikanischer Leutnant vortrat. Er ging die Reihe der deutschen Gefangenen ab. Bei Hauptmann von Koschwitz blieb er stehen. Er sah ihn lange an. Von Koschwitz rann der Schweiß über das Gesicht. Er wollte sich die Stirn abwischen, wagte es jedoch nicht, die erhobenen Hände zu senken. Der Schweiß lief ihm in die Augen, und er begann zu blinzeln.

»You are the Commander?«, nuschelte der Leutnant.

Von Koschwitz verstand nichts. Er wusste nicht, was er antworten sollte.

Der Leutnant grinste zynisch. »Bloody Nazi«, murmelte er weiter. Dann drehte er sich um. »Corporal! Private!«, wies er zwei seiner Männer an. »The bastard and two men left and right from him!«

Die beiden amerikanischen Soldaten reagierten sofort und trieben mit den Gewehrläufen ihrer MGs den Hauptmann und vier weitere Männer seines Regiments aus dem Pulk heraus.

»Execute them! Over there«, sagte der Leutnant und zeigte auf die Wand des Grafeneckarts, des alten Rathausturms.

Mit der Unterstützung von drei weiteren Infanteristen wurden die fünf Deutschen zur Wand geführt.

»No, no, not like that!«, schrie plötzlich der Kommandant des leichten Panzers auf der Brückenauffahrt.

Der amerikanische Leutnant warf einen kurzen bösen Blick auf den Mann, der aus der Panzerluke heraus das Geschehen verfolgte. Dann wandte er sich wieder an die fünf Infanteristen. »Execute them! Now!«, befahl er.

»Nein, bitte nicht!«, rief nun plötzlich einer der Männer an von Koschwitz' Seite. »Ich habe eine Frau und drei Kinder! Bitte nicht …«

Der letzte Hilferuf des Mannes ging im Lärm der Maschinengewehrsalven unter. Die fünf Männer an der Wand fielen zuckend zu Boden. Sie waren sofort tot.

Die wenigen überlebenden Soldaten des Regiments des Hauptmanns wurden als Kriegsgefangene abgeführt. Für die deutsche Wehrmacht war die Schlacht um Würzburg somit endgültig beendet.

*

Der Volkssturm mit Memmel junior und senior in vorderster Reihe wollte weiterkämpfen. Ideologisch verblendet und mit Drogen aufgeputscht, zogen die Kinder und Greise des nun allerletzten Aufgebots über die Randersackerer Straße in Richtung Innenstadt. Ihr Ziel war, bis zum Ringpark zu gehen, und dann aus der Deckung des Parks heraus ihre Panzerfäuste auf die Löwenbrücke abzufeuern.

In der Morgendämmerung marschierten sie weiter in die Virchowstraße. Sie waren jetzt nur mehr weniger als 100 Meter vom Park und 200 Meter von der

Löwenbrücke entfernt. Immer wieder hörten sie aus nördlicher Richtung Maschinengewehrsalven und einzelne Schüsse.

Als der Trupp die Kreuzung zur Eichendorffstraße erreichte, erkannte Memmel im fahlen Licht der Dämmerung eine amerikanische Patrouille aus zwei Infanteristen, die in Richtung Main liefen. Sie hatten ihnen den Rücken zugewandt und schienen sich beim Gehen angeregt zu unterhalten.

Memmel drehte sich zu den Männern des Volkssturms um. Mit dem rechten gestreckten Zeigefinger vor den Lippen signalisierte er, still zu sein. Er wollte sich nicht vor Erreichen des Ringparks in ein Gefecht verwickeln lassen.

Der junge HJ-Pimpf Herbert schien jedoch anderer Meinung zu sein. Er visierte mit seiner Panzerfaust die beiden Soldaten in 30 Meter Entfernung an. Kaum dass er sie im Visier hatte, betätigte er den Abzug. »Herbert! Nein!«, schrie Theo, als er bemerkte, was sein Freund neben ihm vorhatte. Doch die Warnung kam zu spät. In seinem Übereifer hatte Herbert nicht nur Memmels Aufforderung ignoriert, er hatte auch die Personen, die hinter ihm marschierten, vergessen. Mit dem Abfeuern der Sprengladung entlud sich eine Wolke aus glühendem Pulverdampf in die Gesichter und Oberkörper zweier Männer in Herberts Rücken. Beide schrien vor Schmerzen auf. Sie hatten schreckliche Verbrennungen. Der Schuss der Panzerfaust hingegen verfehlte die amerikanischen Soldaten um zwei Meter und schlug mit einem lauten Donnern in die Wand einer Ruine am Rande der Straße.

Die Deckung des Volkssturms war jetzt vollends aufgeflogen.

Die Antwort folgte rasch. Die Infanteristen drehten sich um und feuerten aus ihren Maschinengewehren. Herbert, die beiden blind und schreiend umhertaumelnden Männer sowie fünf weitere Pimpfe wurden sofort getötet. Vater und Sohn Memmel hatten sich nach Abfeuern der Panzerfaust flach auf die Straße gelegt. Aufgestützt auf beide Ellenbogen, visierte Theo nun einen der beiden Infanteristen an. Er feuerte einen Schuss aus seiner Pistole ab. Der Amerikaner fiel tödlich getroffen zu Boden. Als dies der zweite Soldat bemerkte, drehte er sich um und lief, so schnell er konnte, zurück zum Main in Richtung Ludwigkai.

»Hast du das gesehen, Vater?«, rief Theo ungläubig mit weit aufgerissenen Augen. »Ich habe ihn erwischt.«

»Komm«, erwiderte Memmel, ohne auf seinen Sohn einzugehen. »Wir müssen weg von der Straße und uns rasch in Deckung begeben. Gleich werden mehr als nur zwei Amis auf uns schießen.« Er stand auf, zog seinen Sohn am Ärmel und eilte mit ein paar anderen Männern in eine Ruine, um sich dort zu verschanzen.

Theo ließ sich hochzerren, folgte seinem Vater jedoch nicht. Stattdessen ging er in Richtung des von ihm erschossenen Soldaten. Er wollte sehen, ob dieser wirklich tot war. »Ich habe ihn erwischt«, murmelte er vor sich hin. »Ich habe ihn tatsächlich erschossen. Der ist tot.«

»Theo! Runter von der Straße! Hierher!«, rief sein Vater erneut und winkte ihn zu sich.

Der Junge schien ihn nicht zu hören. Mit starrem Blick ging er nach links die Eichendorffstraße hinab, um den toten Soldaten zu sehen.

»Theo, das ist die falsche Richtung, komm hierher!«, schrie Memmel verzweifelt.

Im gleichen Moment kamen vom Main her etwa 30 bis 40 US-Soldaten.

Jetzt schossen die Männer des Volkssturms aus der Deckung der Häuser heraus auf die Infanteristen.

Das Feuer wurde erwidert.

Theo Memmel blieb regungslos auf der Straße stehen. An ihm flogen jetzt Kugeln, aus beiden Richtungen kommend, vorbei.

Er war wie hypnotisiert.

Plötzlich wurde er am linken Oberarm getroffen. Der Schmerz ließ ihn aus der Trance erwachen. Er sah sich kurz um und flüchtete in eine Hofeinfahrt, um sich dort zu verstecken.

Auf der Straße klappten währenddessen US-Soldaten ihre Mörser auf und feuerten Granaten ab. Ihr Ziel waren die Häuser an der Kreuzung, in denen sich die Deutschen verschanzten. Die Einschläge waren heftig.

Binnen weniger Sekunden fielen weitere 20 Männer.

Jetzt ging alles drunter und drüber.

Ein Teil des Volkssturms floh zurück in Richtung Randersackerer Straße.

Andere Männer wollten sich ergeben. Sie hoben die

Hände hoch und gingen den Amerikanern entgegen, was dazu führte, dass sie nun auch von einigen Unverbesserlichen des eigenen Volkssturms ins Visier genommen wurden.

Gleichzeitig rückten immer mehr US-Soldaten heran und feuerten kontinuierlich Maschinengewehrsalven ab.

Memmel betrachtete aus der Deckung eines Hauses heraus das Geschehen. Im Getümmel und unter den verletzten und toten Körpern auf der Straße versuchte er, Theo zu erspähen. Er fand ihn nicht. Laut rief er ein weiteres Mal den Namen seines Sohnes.

Dann beschloss Memmel, der seit 1933 mit der Machtergreifung der NSDAP Würzburgs Oberbürgermeister gewesen war, ebenfalls zu fliehen. Er hatte zwar versprochen, bis zum letzten Mann zu kämpfen, für sich selbst galt das aber nicht.

Nachdem der morgendliche von Oberst Wolf geplante Gegenangriff an allen drei Fronten gescheitert war, verlagerten sich die Gefechte nur mehr auf wenige Außenbezirke. Bis zum späten Nachmittag wurden die Kampfhandlungen eingestellt. Die Schlacht um Würzburg war nach drei Tagen beendet.

Die *42. Rainbow-Division* hatte knapp 70 Opfer zu verzeichnen. Auf deutscher Seite starben hingegen etwa 3.500 Menschen.

18

Am Nachmittag des 5. April war die Behelfsbrücke nicht nur weiterhin intakt, sie war mittlerweile sogar verstärkt worden. Ab dem nächsten Tag konnten so auch schwere Laster, jegliche Panzer und die gesamte Artillerie auf die andere Mainseite gebracht werden. General Collins hatte Order gegeben, dass die Division zügig nach Schweinfurt weiterziehen sollte.

Um 17 Uhr, kurz nachdem die Arbeiten beendet worden waren, fuhr ein einzelner Jeep über die Brücke. Es war ein außerdienstlicher Einsatz. Colonel Schmidt teilte sich die Sitzbank mit seinem Vater, Walter Gänslein.

»Können wir dann auch gleich nach Randersacker weiterfahren und Henriette holen?«, fragte Gänslein, als sie im Schritttempo über die Brücke fuhren. Er trug mittlerweile den olivgrünen und innen gefütterten Trenchcoat eines Offiziers der US-Army – eine Leihgabe seines Sohns.

»Außerhalb der Stadt gibt es noch vereinzelt deutsche Stellungen, die gerade von meinen Männern ausgehoben werden. Wir warten daher besser bis morgen. Schließlich möchte ich dich nicht gleich wieder verlieren. Jetzt mit dem Mantel eines Offiziers der US-Army wärst du ein lohnendes Ziel«, antwortete Schmidt lächelnd und klopfte seinem Vater freundschaftlich auf die Schulter.

»Und die Würzburger Innenstadt?«, fragte Gänslein.

»Die ist sicher. Meine Männer sind in jedes Haus und jeden Keller gegangen, um verbliebene Scharfschützen oder Widerstandskämpfer aufzuspüren«, antwortete Schmidt. »Morgen früh wird eine neue Stadtregierung eingesetzt, die den Wiederaufbau koordinieren soll.«

Gänslein atmete erleichtert auf. »Es ist höchste Zeit, dass diese Stadt und ihre Einwohner endlich wieder von normalen Menschen regiert werden. Gott sei Dank hat dieser Nazi-Spuk dann ein Ende.«

Schmidt nickte zustimmend. Dann wandte er sich an Private O'Reilly, seinen Fahrer. »You may stop here. We will go for a walk.«

O'Reilly parkte den Jeep auf halber Strecke zwischen der Alten Mainbrücke und der Löwenbrücke am Mainkai. Dann stiegen Vater und Sohn aus. Schmidt atmete tief durch und sah sich um. »Das ist also Würzburg, die Geburtsstadt meiner Mutter.«

»Und mittlerweile meine Heimatstadt«, ergänzte Gänslein. »Zumindest war sie es mal. Viel ist nicht von Würzburg übrig geblieben.«

Schmidt nickte betreten. Nachdenklich kickte er mit dem Fuß einen Stein von der Straße. »Möchtest du mir dennoch etwas von der Stadt zeigen?«, fragte er. »Mich würde interessieren, wo Mutter früher gewohnt hat. Und wo war dein Zuhause?«

Gänslein begann nun zu lächeln. »Wie viele Dienstmädchen zur damaligen Zeit war Emilia ein Mädchen aus dem Stadtteil Pleich. Die Pleich ist dort vorne, beim

Schlachthof«, sagte er und zeigte mit dem ausgestreckten Finger am Main entlang Richtung Norden. »Wenn du möchtest, können wir da hingehen.«

»Gerne!«, erwiderte Schmidt. »Und dein Zuhause?«

»Wir stehen quasi direkt davor«, antwortete Gänslein und drehte sich um. Die Ruine seines Wohnhauses war nur etwa zehn Meter von ihnen entfernt.

»You are kidding«, rief Schmidt erstaunt. »Hier hast du gewohnt?«

Gänslein nickte lächelnd. »So ist es. Ein schönes und stattliches Haus mit direktem Blick auf den Main. Mittlerweile leider komplett zerstört.«

»Und deine Sachen? Deine Möbel, Kleidung, Wertsachen, Erinnerungsstücke?«

»In der Bombennacht verbrannt – vollständig. Nichts ist mehr da.«

Der Colonel rieb sich nachdenklich das Kinn. »Kann ich mir trotzdem das Haus ansehen?«, fragte er.

»Nur zu, die Tür ist offen«, antwortete Gänslein und ging voraus.

Obwohl mittlerweile Bulldozer die großen Straßen freigeräumt hatten, mussten die beiden über einen Schuttberg klettern, um in das Haus zu kommen.

Sie betraten die Ruine. Wie vor knapp drei Wochen, dem Tag nach der Bombardierung, blickte Gänslein zunächst nach oben. Das Treppenhaus, der Dachstuhl und alle Decken, welche die Wohnungen – und auch sein Zuhause – voneinander abgrenzten, waren abgebrannt. Im Erdgeschoss, wo früher die Kreislers gewohnt hatten, hatte sich ein Schuttberg mit den Überresten der darüberliegenden, in sich zusammengefallenen Wohnungen aufgetürmt.

»Ich hätte dich gerne durch meine Wohnung im dritten Stock geführt. Nur gibt es das Stockwerk leider nicht mehr«, sagte Gänslein und wies mit dem Finger nach oben.

Schmidt nickte bedächtig. »Und unter dem Schutthaufen? Hast du hier nicht nach Dingen gesucht, die dir wichtig sind?«

»Bisher noch nicht. Es erschien mir sinnlos. Ist doch eh alles verbrannt.«

»Schon richtig, aber gibt es nichts, was möglicherweise dem Feuer widerstand? Ein Tresor? Eine Metallschatulle?«

Gänslein dachte nach. »Nun, es gibt da ein rotes Schmuckkästchen aus Eisen, in dem ich die Uhr meines Vaters und ein paar andere Erinnerungsstücke aufbewahrt habe. Aber das hier, unter diesem Schutt, zu finden?«

Schmidt lächelte nun. »Wenn deine Wohnung im dritten Stock war, dann müsste das Kästchen ja auch relativ weit oben in dem Schutt vergraben sein. Also lass es uns wenigstens versuchen – ein paar Minuten nur«, sagte er und begann, mit den Händen Steine und Ziegel zur Seite zu werfen.

»Du bist genauso beharrlich wie ich«, grummelte Gänslein, zog seine Armee-Jacke aus und half ihm dabei.

»Könnte sein, dass es damit zusammenhängt, dass ich

dein Sohn bin«, erwiderte Schmidt lächelnd und räumte nun noch emsiger den Haufen zur Seite.

Viel Metall fanden sie nicht nach einigen Minuten des Wühlens: Beschläge von Möbeln, geschmolzene Reste eines Tafelsilbers, Pfannen und Töpfe, in einer anderen Ecke die Überreste eines Herds. »Das Wohnzimmer war links«, sagte schließlich Gänslein. »Vielleicht sollten wir eher hier suchen.«

Schmidt nickte und wechselte seinen Standort.

Wenig später schien er tatsächlich das gefunden zu haben, nach dem sie beide gesucht hatten: ein eisernes Kästchen in der Größe eines Schuhkartons. Die rote Farbe des Lacks war verbrannt.

»Ist es das?«, fragte Schmidt aufgeregt und zeigte ihm die Schatulle.

Gänslein ging näher heran. Das Kästchen war geschlossen, in dem Schloss steckte noch der Schlüssel. »Das könnte es tatsächlich sein«, sagte er leise. Um den Deckel zu öffnen, versuchte er, den Schlüssel zu drehen. Nichts tat sich. »Ich krieg das nicht auf!«, sagte er frustriert und blickte fragend auf seinen Sohn.

»Warte!«, erwiderte Schmidt, gab ihm das Kästchen und suchte in dem Schutt nach etwas Brauchbarem. Er kam mit einem Messer zurück, einem Stück von Gänsleins Tafelsilber. Dann übernahm er wieder das Kästchen, stellte es auf den Boden und kniete sich daneben. »Wenn du es gut festhältst, kann ich versuchen, den Deckel aufzuhebeln.«

Nach einigen Versuchen funktionierte es.

Schmidt beugte sich neugierig über den Inhalt. Obenauf lagen drei Paar Manschettenknöpfe sowie eine alte Taschenuhr, die an einer goldenen Kette hing. Vorsichtig zog er an der Kette, erhob sich und ließ die Uhr vor sich baumeln. »Das Glas ist leider gesprungen, aber ansonsten sieht sie noch recht ordentlich aus.«

»Die Uhr meines Vaters«, begann Gänslein. »Er hat sie mir gegeben, bevor er starb. Das war im Krieg 1916. Die Kette und das Gehäuse müssten aus Gold sein – oder zumindest aus vergoldetem Silber.«

»Schwer ist sie auf jeden Fall«, meinte Schmidt. »Ein echtes Erbstück aus einer längst vergangenen Zeit.«

Gänslein griff sich die Uhr und legte sie anschließend in Schmidts rechte Hand. Dann faltete er seine eigenen Hände darüber. Mit feuchten Augen sah er auf seinen Sohn. »Die Uhr gehört jetzt dir«, flüsterte er.

»Danke, Vater«, erwiderte Schmidt gerührt. »Ich werde sie reparieren lassen und sie anschließend Richard, meinem Sohn, vermachen. Richard kann die Uhr dann wiederum an seinen Sohn oder seine Tochter weitergeben.«

Plötzlich begann Gänslein zu taumeln. Er suchte nach einer Sitzmöglichkeit und ließ sich schließlich mitten auf dem Steinhaufen nieder.

»Vater? Geht es dir nicht gut?«, fragte Schmidt besorgt.

Gänslein schüttelte den Kopf und verbarg das Gesicht in seinen Händen. »Nein ... ja ... alles gut ... es ... es ist nur ...«, stammelte er.

Schmidt steckte die Uhr in die Tasche und legte fürsorglich den Arm um seines Vaters Schulter. »Was ist los?«

»Es ist nur, dass ich bis vor wenigen Wochen verzweifelt war. Ich war trostlos, da ich ein tattriger, einsamer Greis geworden war. Eine Altlast, ein Relikt aus einer vergangenen Zeit, ohne Frau, Kinder, Enkel, Urenkel. Jemand, der, wenn er stirbt, nichts und niemanden hinterlassen wird. Und jetzt? So schrecklich dieser Krieg ist, am Ende meines Lebens hat er uns beide zusammengeführt. Ich habe dich, meinen Sohn, gefunden. Und die Uhr meines Vaters bleibt in der Familie.« Mühsam stand Gänslein auf und umarmte Schmidt. »Und dafür bin ich dir sehr, sehr dankbar, John.«

»Du hast noch ein paar Jahre, Vater«, erwiderte Schmidt und klopfte ihm auf den Rücken. »Und wir werden noch viel Zeit miteinander verbringen. Sobald der Krieg endgültig vorbei ist, lade ich dich zu uns nach Hause ein. Du wirst deine Urenkel kennenlernen.«

»Ach John, ich bin 75 Jahre alt, was soll ich da erwarten. Aber du hast recht, bisher geht es mir bis auf ein paar Zipperlein ganz gut, und dann gibt es ja auch noch Henriette.«

Schmidt nickte grinsend. »Die Liebe bringt einen entweder um oder sie hält einen am Leben.«

»Bei mir hoffentlich Letzteres,« sagte Gänslein. Dann wandte er sich wieder dem Metallkästchen zu. »Möchtest du die Manschettenknöpfe auch haben?«

»Behalt die lieber du, du wirst sie noch brauchen – spätestens bei deiner Hochzeit«, sagte sein Sohn, griff in das Fach, gab ihm die goldenen Knöpfe und zwinkerte ihm dabei zu.

»Ist da eigentlich noch ein zweites Fach?«, fragte Schmidt anschließend und schüttelte das Kästchen.

»Hm, ja, es sind noch ein paar Fotos und etwas Geld drin«, antwortete Gänslein zögerlich. »Nichts Besonderes. Ist sicher auch verbrannt.«

Schmidt hob grinsend den Zwischenboden aus Eisen heraus. »Fotos? Da bin ich aber mal gespannt.«

In dem zweiten Fach war ein Stapel vergilbter Abbildungen sowie Geldscheine. Alles war durch die Hitze des Feuers an den Rändern angesengt. Schmidt griff sich die Fotos, während er Gänslein das jetzt bis auf die wertlosen Banknoten leere Kästchen gab.

Mit hochgezogenen Augenbrauen sah er sich die Bilder an. »Wer ist das auf den Fotos?«, fragte er.

»Zwei Bilder aus einer längst vergessenen Zeit, schau selbst«, antwortete Gänslein und stellte sich an die Seite seines Sohnes.

Obenauf lag eine vergilbte Abbildung eines Mannes mit buschigem Schnauzbart und einer jungen Frau im weißen Kleid. »Das ist das Hochzeitsfoto meiner Eltern«, meinte Gänslein lächelnd. »Aufgenommen 1869, wenn du genau hinsiehst, erkennst du, dass meine Mutter damals schwanger war. Die beiden mussten heiraten, ich war unterwegs.«

»Dein Vater ähnelt Richard, meinem Sohn. Er hat die gleiche Nase, identischen Haaransatz und mittlerweile auch so einen Bart«, sagte Schmidt.

Die zweite Fotografie war eine Aufnahme vor einer Berghütte. Auf einer Bank vor dunklem Holz saßen ein Mann und eine Frau. Neben der Bank stand eine weitere Frau mit einem Hund an der Leine.

»Der Mann dort, das bist du, oder?«, fragte Schmidt.

Gänslein nickte. »Das war während eines Sommerurlaubs in Tirol. Damals war ich noch jung. Das müsste vor knapp 50 Jahren aufgenommen worden sein.«

Fasziniert sah Schmidt auf das Bild. »Genauso habe ich ausgesehen, als ich mit dem College fertig war.« Dann tippte er mit dem Zeigefinger auf die beiden Frauen. »Und wer sind die gut aussehenden Damen?«

»Neben mir sitzt Frieda, meine damalige Frau, und das hübsche Mädchen mit Hundedame Luna an der Leine ist Emilia. Sie durfte uns damals begleiten. Ich kann mich gut erinnern, wie wir uns im Urlaub nähergekommen sind.«

»Emilia? Das ist meine Mutter?«

»So ist es! Hast du sie nicht erkannt?«

Schmidt beugte sich näher zu dem Foto. »Natürlich ist sie das«, erwiderte er mit breitem Lächeln. »Jetzt, wo du es sagst. Ich habe sie nur niemals so jung gesehen.« Er nahm die Abbildung von dem Stapel. »Darf ich die beiden Bilder behalten?«, fragte er.

»Natürlich darfst du das«, antwortete sein Vater und legte die restlichen Fotos wieder zurück in das Kästchen.

Schmidt steckte sich das Bild von Gänsleins Eltern und die Abbildung mit seiner Mutter in die hintere Hosentasche »Ich würde jetzt gerne das Haus besuchen, in dem meine Mutter gewohnt hat. Ginge das?«, fragte er.

»Ich kann dir nicht versprechen, dass ich es in dieser Ruinenwüste wiederfinde, aber wir können zumindest mal in Richtung Pleich gehen«, erwiderte Gänslein und warf das Kästchen wieder auf den Schuttberg. Er griff sich seinen Armee-Mantel. Dann gingen sie gemeinsam weiter.

Sie bogen nach rechts ab und liefen die Neubaustraße hinauf. Nach wenigen Schritten kamen sie an dem *Hotel Rebstock* vorbei.

Gänslein blieb vor der Fassade stehen.

»Was ist, Vater?«, fragte Schmidt.

»Wenn du schon hier bist, solltest du dir noch ein paar Weinflaschen mitnehmen«, erwiderte Gänslein lächelnd.

Fragend sah ihn sein Sohn an.

»Wann wird es dunkel?«, fragte Gänslein.

Schmidt blickte auf seine Armbanduhr. »In einer guten Stunde, warum?«

»Dann sollten wir dem Weinkeller des Hotels noch einen kurzen Besuch abstatten«, antwortete Gänslein. »Da lagern ein paar exquisite Tropfen.« Er zog Schmidt an dessen Jackenärmel. »Komm mit! Du wirst überrascht sein.«

Gut gelaunt und grinsend betraten beide das Hotel. Sie gingen durch die halb offene Eingangstür und machten sich auf den Weg ins Treppenhaus.

Bereits als sie noch auf der Straße gestanden waren, wurden sie beobachtet. Die Person verfolgte die beiden durch eine schmutzige Glasscheibe eines Hotelzimmers im ersten Stock des Hauses. Es war der gleiche Raum, in dem vor 18 Tagen Gänslein und Henriette übernachtet hatten. Die Person trug dieselbe schwarze SS-Uniformjacke, die Gänslein an dem Abend gefunden hatte, bevor er die Nacht mit Henriette verbracht hatte.

19

Gemeinsam mit seinem Sohn ging Gänslein zielstrebig die Treppe hinab bis in das Kellergeschoss. Sie durchquerten den Luftschutzkeller.

»Jetzt wirst du gleich erleben, dass im Würzburger Untergrund auch erfreuliche Dinge zu finden sind«, flüsterte Gänslein geheimnisvoll, als sie vor der Stahltür am hinteren Ende des Kellers standen. Er stemmte sich gegen die Tür, bis sich diese mit einem lauten Krachen öffnete. »Et voilà«, sagte er vergnügt. »Hier ist er, der aktuell wohl am besten ausgestattete Weinkeller der Stadt.«

Neugierig tapste Schmidt in den dunklen Raum. Er holte sein Feuerzeug aus der Tasche. Im Licht der Flamme ging er die Weinregale an beiden Seiten des Raums ab. »Das sind Hunderte Flaschen«, murmelte er.

»Ich empfehle den Winzersekt Cuvée 1939, Flaschengärung. Ein exquisiter Tropfen – und vor allem aktuell gratis zu haben«, feixte Gänslein. Dann griff er sich eine Flasche, entkorkte sie und gönnte sich einen großen Schluck. »Hier, John, jetzt bist du dran. Auf dich, auf mich, und darauf, dass wir beide uns gefunden haben.«

Schmidt klappte das Feuerzeug wieder zu – seine Augen hatten sich mittlerweile an die Dunkelheit gewöhnt – und griff sich die Flasche. »Auf uns, Vater«, erwiderte er und trank. Dann spitzte er die Lippen. »Ausgezeichnet! Ich hätte nicht erwartet, dass es in Deutschland so guten Wein gibt. O'Reilly soll später so viel in den Jeep packen, wie er Platz findet.«

»Bediene dich ruhig«, fuhr Gänslein fort. »Wie du siehst, ist reichlich vorhanden. Und die offene Flasche teilen wir uns jetzt beide als Wegzehrung, einverstanden?«

»Yes, let's go!«, sagte Schmidt und machte sich mit der Sektflasche in der rechten Hand auf den Weg nach oben. Gänslein ging hinter ihm.

Auf der Treppe nahmen sie jeweils nochmals einen großen Schluck. Lachend betraten sie das Foyer im Erdgeschoss des halb zerbombten Hotels.

»Halt! Stehen bleiben!«, hörten sie plötzlich eine Stimme in ihrem Rücken, als sie beide gerade das Hotel verlassen wollten. »Hände hoch oder ich schieße, ihr verdammten Ami-Schweine.«

Zunächst zuckten beide kurz zusammen, dann streckten sie die Hände über den Kopf. Schmidt hatte in seiner Hand weiterhin die geöffnete Flasche.

»So, und jetzt langsam umdrehen.«

Sie folgten der Aufforderung.

Vor ihnen stand mit einer auf sie gerichteten Pistole Theo Memmel junior. Die viel zu große Uniformjacke eines SS-Sturmbannführers reichte ihm bis fast zu den Knien. Er war blass, und der Schweiß tropfte ihm von der pickeligen Stirn.

»Ihr Drecksamis! Ihr glaubt wohl, dass ihr uns losgeworden seid, hm? Nix da – der Kampf ist noch nicht vorbei! Noch lange nicht.« Theo fuchtelte zitternd mit der Waffe herum.

Gänslein beugte sich langsam nach vorne. »Wir sind keine Amis«, sagte er, so ruhig und gelassen es ihm möglich war. »Schau mich an. Du kennst mich doch. Ich kenne zumindest dich. Du bist der Sohn des Oberbürgermeisters.«

Theos Mundwinkel zuckten nervös.

Gänslein ging einen Schritt auf ihn zu.

Im gleichen Moment bückte sich Schmidt und stellte die Flasche auf den Boden. Als er sich wieder aufrichtete, griff er kurz unter die Jacke und öffnete den Druckknopf seines Pistolenholsters.

»Halt!«, schrie Theo und richtete die Waffe auf den Colonel. »Die Hände hoch, sagte ich.«

Schmidt streckte sofort die Arme nach oben. »Ich wollte nur die Flasche abstellen«, sagte er und blickte auf den Boden.

»Der da, der da … der … der redet anders. So spricht kein Deutscher. Den … den … den werde ich abknallen«, stammelte Theo. Er schien jetzt nervöser als die anderen beiden zu sein.

»Pst, ganz ruhig«, flüsterte Gänslein und hielt die Hände beschwichtigend nach vorne. »Ich habe dir doch gesagt, dass wir Deutsche sind. Wir tragen nur amerikanische Jacken. So wie du auch sichtbar eine Uniform trägst, die eigentlich jemand anderem gehört. Schau mich an. Du kennst mich. Ich bin Walter Gänslein und das … das ist Johann, mein Sohn. Bemerkst du nicht die Ähnlichkeit zwischen uns beiden?«

Theos Zucken im Mundwinkel nahm zu. Er strich sich unsicher mit dem Lauf der Pistole durch die Haare. Dann visierte er wieder Gänslein an.

Schmidt trat währenddessen einen Schritt zur Seite. Er versuchte, sich hinter seinen Vater zu stellen, um dann unbeobachtet die rechte Hand zu senken und seinen Army-Colt aus dem Halfter zu ziehen.

»Ja, ich kenne dich, Opa«, sagte Theo leise. »Du bist zwar ein Deutscher, aber auch ein Vaterlandsverräter.«

Gänslein schüttelte mit zusammengepressten Lippen den Kopf. »Junge, denk doch mal nach«, begann er mit sanfter Stimme. »Der Krieg ist verloren. Das Leben geht aber weiter.«

»Halt dein Maul, du Schwein!«, schrie Theo. »Nichts ist verloren. Der Kampf geht weiter.«

»Du bist jung. Du hast noch dein ganzes Leben vor dir«, fuhr Gänslein fort und ging einen weiteren Schritt auf den Jungen zu.

»Bleib stehen!«, befahl Theo. »Ein Leben ohne Nationalsozialismus gibt es nicht, kann es und wird es nicht geben, niemals.« Dann ging er selbst einen Schritt auf Gänslein zu und spuckte ihm ins Gesicht. »Feigling! Vaterlandsverräter!«, schrie er.

Das reichte jetzt für Gänslein. Er hatte genug von Theo – egal, ob dieser eine Waffe in der Hand hielt oder nicht. Bebend vor Zorn wischte er sich Theos Speichel vom Gesicht. »Du verblendeter Rotzlöffel!«, schleuderte er ihm entgegen und holte mit der rechten Hand zum Schlag aus. »Mir reicht es jetzt mit diesen beschissenen Nazi-Sprüchen. Lange genug habe ich mir den Dreck anhören müssen. Jetzt ist Schluss damit. Ich werde dir zeigen ...«

»Vater – nein!«, schrie im gleichen Moment Schmidt, der mittlerweile seine Pistole in der Hand hielt.

Dann fiel ein Schuss.

Gänslein ging zu Boden.

Jetzt schoss Schmidt.

Die Kugel traf Theo in die Stirn. Er verdrehte kurz die Augen nach oben. Dann sackte er ebenfalls zusammen.

»Father, goddammit!«, rief nun Schmidt und beugte sich zu seinem Vater. Er warf einen kurzen Blick auf Theo, der leblos mit weit geöffneten Augen auf dem Boden lag.

Gänslein drehte sich auf die Seite und krümmte sich. Mit beiden Händen drückte er auf die Einschusswunde in seinem Bauch.

»Vater?«, fragte Schmidt leise.

»Dieser, dieser ... dieser Nazibengel ... hat tatsächlich ... hat auf mich ... geschossen«, murmelte er mit schmerzverzerrtem Gesicht.

Schmidt blickte sich verzweifelt um. Er hoffte, dass durch den Schusswechsel andere Soldaten auf sie aufmerksam gemacht wurden. »Hauptsache ist, dass du lebst, Vater«, sagte er und strich Gänslein sanft eine graue Haarsträhne aus der Stirn.

»Ist er ... ist der Junge ...?«

»Ist tot«, antwortete Schmidt.

Gänslein schüttelte leicht den Kopf.

Schmidt sah nun, wie immer mehr Blut zwischen den Fingern seines Vaters aus der Wunde herausfloss. Er zog seine Jacke aus, knüllte diese zusammen und presste sie auf die Schusswunde. Sofort zuckte Gänslein vor Schmerzen zusammen.

»Es tut mir leid, Vater, aber die Blutung ...« Dann blickte er sich erneut um. »Help! Medic, help!«, schrie er. »O'Reilly? Help us!«

»John?«, flüsterte jetzt kaum hörbar Gänslein.

»Ja, Vater?«

»Es ... es tut mir leid«, murmelte er. Das Sprechen machte ihm nun zunehmend Mühe.

Schmidt presste seine Stirn auf die Wange seines Vaters. »Was soll dir denn leidtun?«, fragte er mit tränenerstickter Stimme.

»Ich ... ich war dir ein schlechter Vater. Ich ... ich war dir gar kein ... Vater. Tut mir leid.«

»Das muss es nicht«, erwiderte Schmidt. Seine Tränen tropften auf Gänsleins Wange.

Aus Gänsleins Gesicht entwich die Farbe, das Atmen fiel ihm sichtbar schwer. Er keuchte und hustete.

»Die Uhr ... die Uhr, John«, flüsterte er schließlich kaum mehr hörbar. »Die Uhr meines Vaters.«

»Ja, was ist damit?«, fragte Schmidt.

»Gib sie ... deinem Sohn, ja? Gib sie ihm ... und erzähle ... ihm ... von ... mir.«

»Das werde ich, Vater, und er wird die Uhr seinen Kindern geben, und die werden ...«

John Schmidt brach jetzt die Stimme weg.

Gänslein nickte kurz. »Danke«, murmelte er.

Dann verzogen sich seine Mundwinkel zu einem leichten Lächeln.

Er schloss die Augen ...,

machte einen letzten Atemzug ...,

und war tot.

Gestorben am 5. April 1945 im Alter von 75 Jahren.

Erschossen von einem fanatischen und verblendeten 60 Jahre jüngeren Hitlerjungen.

20

Am Morgen des nächsten Tages suchte Sergeant Roseman den Colonel. Er fand Schmidt eine Zigarette rauchend im Hof der Höchberger Schule, der kurzzeitigen Kommandozentrale der *Rainbow-Division*. So wie nahezu jeder im Regiment, wusste auch Roseman von Schmidts Verlust. Die Geschichte des deutschstämmigen Colonels, der in den Kriegswirren seinen leiblichen Vater findet, bevor dieser nur einen Tag später vor seinen Augen erschossen wird, machte rasch die Runde. Obgleich im Krieg auf beiden Seiten jeden Tag Menschen starben, so war Schmidts Schicksal doch einzigartig und anders.

Roseman näherte sich zögerlich dem Colonel. »Colonel Schmidt?«, begann er. »Bitte entschuldigen Sie. Auch wenn ich weiß, dass dies nur eine Floskel ist, so möchte ich Ihnen aber dennoch mein aufrichtiges Beileid aussprechen.«

Schmidt blickte mit müden Augen auf den Sergeant. Er mühte sich ein angedeutetes Lächeln ab. »Danke, Serg«, sagte er.

Roseman verneigte sich kurz und zündete sich ebenfalls eine Zigarette an. »Unter den Männern kursiert das Gerücht, dass der Hitlerjunge, der Ihren Vater erschossen hat, der Sohn des Würzburger Oberbürgermeisters Memmel war. Stimmt das?«

Schmidt nickte und nahm den letzten Zug von seiner Zigarette. Dann warf er den Stummel auf den Boden und drückte ihn sorgfältig aus. »Macht das einen Unterschied?«, fragte er gelangweilt.

»Nicht direkt. Aber ich kenne Memmel noch von früher. Er war schon mit der Machtergreifung ein sogenannter Hundertprozentiger – einer, der blindlings, von der ersten Minute an, Adolf Hitler folgte und jegliche Bedenken oder sein Gewissen dabei über Bord geworfen hat. Ich meine: Was für ein Mensch muss das sein, der den eigenen minderjährigen Sohn in eine Schlacht schickt, die nur verloren werden kann? Memmel selbst scheint sich ja aus dem Staub gemacht zu haben. Ich habe die Listen überprüft. Sein Name taucht weder unter den Gefangenen noch bei den Gefallenen auf. Dass er am Ende geflohen ist, spricht auch wieder mal dafür, was er für einen miesen Charakter haben muss.«

»Wir werden ihn finden, Sergeant. Früher oder später wird er seine gerechte Strafe bekommen. Machen Sie sich da keine Sorgen.«

Roseman schob nachdenklich seine Unterlippe vor. Er inhalierte tief den Rauch seiner Zigarette. »Colonel?«, fuhr er zögerlich fort. »Da wäre noch etwas. Ich weiß, dass dies möglicherweise nicht der richtige Zeitpunkt ist, aber ich hätte eine Bitte.«

Schmidt hob die Augenbrauen und sah ihn fragend an. »Spit it out, Serg!«

»Ich habe gehört, dass mit dem Marschbefehl von Major General Collins das 232. Infanterieregiment die Gemeinden nördlich von Würzburg sichern soll.«

»Richtig, unser Regiment zieht in Richtung Norden, das 222. bewegt sich östlich und das 242. Regiment soll den Süden sichern.«

Roseman nickte. »Wenn wir nun schon über den Norden durch meine Heimatgemeinde Rimpar weiterziehen, hätte ich einen Wunsch, Colonel.«

»Der da wäre?«, fragte Schmidt und zündete sich eine weitere Zigarette an.

»Ich würde gerne mit ein paar Männern persönlich meinen vermeintlichen Jugendfreund Egon Kastner, einen Rimparer Gastwirt, aufsuchen und verhaften. Egon habe ich es zu verdanken, dass ich mein ursprüngliches Leben verloren habe und in ein Konzentrationslager kam. Er hat als Denunziant wahrscheinlich auch den Rest meiner Familie auf dem Gewissen.«

Schmidt sah dem Sergeant lange in die Augen. »Suchen Sie Rache oder Gerechtigkeit?«, fragte er schließlich.

»Gerechtigkeit, Colonel«, antwortete Roseman wie aus der Pistole geschossen. »Keine Rache! Aber dennoch möchte ich aus nächster Nähe bei der Verhaftung des Verbrechers Zeuge sein. Es wäre mir eine Genugtuung, die Gerechtigkeit siegen zu sehen.«

»All right«, erwiderte Schmidt und atmete tief durch. »Ich befehle Ihnen, mit ein paar Männern der Military Police diesen Egon Kastner als Kriegsverbrecher zu verhaften.«

»Befehl wird ausgeführt, Colonel, danke!«, bestätigte Roseman und salutierte mit einem Lächeln auf den Lippen. »Wann brechen wir auf?«

Schmidt sah auf seine Armbanduhr. »In zehn Minuten ist Abmarsch – aber ohne mich.«

Roseman sah ihn fragend an.

»Ich werde erst abends nachkommen. Zuvor werde ich mich dem 242. Regiment anschließen. Da gibt es noch eine andere Sache in Randersacker zu erledigen. Aber seien Sie beruhigt, Sergeant. General Collins ist informiert. Alles hat seine Ordnung.«

*

Das gesamte 232. Infanterieregiment der *Rainbow-Division* zog zunächst über die Innenstadt durch Grombühl, den Stadtteil im Norden Würzburgs. Dann teilte sich das Regiment. Die eine Hälfte nahm Oberdürrbach und dann Güntersleben ein. Die andere Hälfte zog über Versbach weiter nach Rimpar. In Güntersleben sollte sich das Regiment wieder zusammenschließen, um anschließend nach Retzbach weiterzufahren.

Gab es in Versbach noch kleinere Scharmützel, so erreichten sie Rimpar, ohne auf Widerstand zu stoßen. Die Infanteristen wurden zunächst mit ängstlicher Zurückhaltung empfangen, die sich jedoch rasch löste, nachdem einige der Soldaten die Kinder mit Schokolade beschenkten. Roseman selbst war nicht nach Freundschaft schließen und Beschenkungen zumute. Er zog seinen Helm tief in die Stirn, als er mit offenem Verdeck in einem Jeep durch seine Heimatgemeinde fuhr. Es brodelte in ihm. Erinnerungen an den bitteren Teil seines jungen Lebens hier kamen hoch. Er war sich sicher, dass all diejenigen, welche jetzt freundlich der US-Army zuwinkten, genau das Gleiche gemacht hatten, als bis vor Kurzem noch SA- oder SS-Verbände durch die Rimparer Straßen gezogen waren. Wahrscheinlich hätten sie auch gejubelt, wenn ich mit meiner Familie im Hof von Schloss Grumbach öffentlich verbrannt worden wäre, dachte sich Roseman. Die Menschen hier sind Opportunisten und Heuchler. Er war sich jetzt sicher, dass er niemals in seinem Leben hierher zurückkehren wollte.

Eine letzte Aufgabe hatte er in seiner Heimatgemeinde jedoch noch zu erledigen. Er wollte keine Zeit hierfür verlieren.

Kaum dass die Offiziere im Schloss Grumbach, wo auch die Gemeindeverwaltung untergebracht war, ihr Quartier bezogen hatten, machte sich Roseman auf, den Befehl des Colonels auszuführen. Mit sechs grimmig dreinblickenden Militärpolizisten, alle mit Maschinengewehren ausgestattet, ging er vom Schloss die Hofstraße in Richtung Marktstraße und weiter zum Marktplatz. Dieses Mal wurde keine Schokolade verteilt. Lief ein Kind mit offen gehaltener, bettelnder Hand auf die Männer zu, wurde es mit einem harschen »weg hier« von Roseman vertrieben.

Als die Männer den Gasthof von Egon Kastner und seiner Familie erreichten, blieben sie kurz stehen. Roseman atmete zweimal tief durch, dann öffnete er schwungvoll die Tür zum Gastraum.

Es war ein Gasthof, wie es ihn wohl in jeder Gemeinde mit mehr als 500 Einwohnern mindestens einmal gab: holzvertäfelte Wände, düsteres Licht, fünf bis sechs Tische, davon ein Ecktisch mit einem Aschenbecher, der mit einem Messingschild geschmückt war, auf dem »Stammtisch« stand. Gegenüber der Fensterfront stand eine ebenfalls hölzerne Theke mit einer Spüle und einem Regal dahinter, welches mit unterschiedlichen Gläsern gefüllt war. Rechts von der Theke ging es in die Küche, links in den Flur und den Keller mit den Toiletten.

Roseman und die Militärpolizisten stellten sich zentral in den Raum. Ein einziger Tisch, der Stammtisch, war mit vier älteren Männern besetzt. Hinter dem Tresen stand eine Frau, die den weißen Schurz einer Bedienung trug und gerade vier Gläser mit Wein füllte – offensichtlich Nachschub für die Herren am Stammtisch. Als die Frau die sieben Männer in ihren olivgrünen Uniformen sah, erschrak sie. Die Weinflasche fiel ihr mit einem lauten Scheppern aus der Hand, gefolgt von einem kurzen Schreckensschrei.

»Wo ist der Wirt?«, rief Roseman in den Raum. Er blickte sich um und sah, dass die Wand oberhalb des Stammtisches an einer Stelle über etwa 80 mal 60 Zentimeter weniger vergilbt war. Er konnte sich gut vorstellen, dass hier bis vor Kurzem noch das übliche offizielle Führerporträt gehangen war. So leicht wird man die Spuren der eigenen Vergangenheit nicht los, dachte er sich.

Die Frau nickte. Sie ging ein paar Schritte zur Seite

und schrie laut in Richtung Küche: »Egon, kommst du bitte? Es ist wichtig.«

Nur wenige Sekunden später erschien ein etwas verwirrt blickender dicker Mann mit kurz geschorenen rotblonden Haaren in der Tür. Er hatte sich eine Schürze um den Bauch gebunden, an der er sich gerade die Hände abwischte. »Ja, was gibt's?«, fragte er. Jetzt erblickte er die Soldaten. Er mühte sich ein Lächeln ab. »Welcome, American soldiers!«, rief er mit starkem Akzent.

»Egon Kastner?«, fragte Roseman und trat drei Schritte vor. Er hätte sich die Frage sparen können. Sofort hatte er ihn erkannt. Außer dass Egon trotz Kriegszeiten erheblich dicker geworden war, hatte er sich nicht verändert.

»Ja, der bin ich«, erwiderte Egon und ging zögerlich Roseman entgegen. Neugierig betrachtete er ihn. »Das ist … das ist doch der Robert? Robert Rosenmann, bist du es? Ja so eine Überraschung. Du kommst zurück nach Rimpar?«

Roseman kochte nun vor Wut. Er zog seine Pistole und richtete sie auf Egon. Er musste sich zurückhalten, ihn nicht auf der Stelle zu erschießen oder ihm wenigstens mit dem Lauf der Pistole ins Gesicht zu schlagen.

Im Raum herrschte nun gebannte Stille.

»Schau an, schau an. Der Judenbengel vom Trödler Rosenmann ist wieder da«, lallte plötzlich ein alter Mann vom Stammtisch her.

Roseman drehte sich kurz um und fixierte wütend den Mann, der offensichtlich betrunken war. Er war sich nicht sicher, ob er ihn schon mal gesehen hatte. Das, was er gesagt hatte, reichte ihm jedoch. Er richtete die Pistole an die Decke oberhalb des Stammtisches und drückte ab. Der Schuss ließ die Männer zusammenzucken. Anschließend rieselte weißer Putz von der Decke auf ihre Köpfe.

Jetzt drehte er sich wieder um. »Egon Kastner«, begann er nun mit lauter und klarer Stimme. »Auf Befehl des Kommandanten des 232. Infanterieregiments der *Rainbow-Division*, Colonel John Schmidt, sind Sie hiermit verhaftet.«

Auf Egons Stirn bildeten sich Schweißperlen. Verwirrt den Kopf schüttelnd, sah er zunächst auf seine Frau und dann auf Roseman. »Ich? Wieso? Aber … aber … aber Robert … wir waren doch Freunde. Wir kennen uns seit unserer Kindheit«, stammelte er.

»Was dich aber nicht davon abgehalten hat, meine Familie an die Gestapo in Würzburg zu verraten. Und genau aus diesem Grund kommst du jetzt ins Gefängnis«, flüsterte Roseman. Dann signalisierte er den Militärpolizisten, Egon mitzunehmen.

»Den armen Egon verhaften?«, lallte jetzt der alte Mann wieder. »Der hat nie jemandem was zuleide getan. Der Judenbengel soll doch froh sein, dass er überhaupt noch lebt.«

Erneut drehte sich Roseman zu dem Mann am Stammtisch. »Du dreckiger Nazi!«, giftete er. »This man is also under arrest!«, sagte er dann zu einem Soldaten.

Der Militärpolizist nickte und zerrte den Mann vom Stuhl hoch.

»Hat noch jemand was zu sagen?«, fragte Roseman die anderen Stammtischbrüder. Als Antwort bekam er Schweigen. Jeder wich seinem Blick aus und sah betreten auf den Tisch. »Okay, let's go!«, rief er schließlich.

Die Gefangenen wurden in Handschellen abgeführt.

Mit den Läufen ihrer Maschinengewehre verabreichten die Soldaten den beiden Männern immer wieder schmerzhafte Stöße in den Rücken. Langsam, unter Sergeant Rosemans Führung und für jeden Passanten sichtbar, wurden sie über den Marktplatz und die Marktstraße wie störrisches Weidevieh zum Rimparer Schloss getrieben.

21

Das 242. Regiment unter dem Kommando von Colonel Norman Caum erreichte rasch Randersacker. Der deutsche Widerstand schien zumindest entlang der fünf Kilometer langen Strecke parallel zum Main gebrochen zu sein. Randersacker war kaum beschädigt. Nur die schöne Brücke, die hier über den Main geführt hatte, war gesprengt. Zerstört am Ostersonntag von der deutschen Wehrmacht, nahezu zeitgleich mit den Sprengungen der Brücken in Würzburg.

Die Vorhut des Regiments fuhr mit Mannschaftswagen vor das Rathaus. Gut drei Dutzend Infanteristen stiegen mit Maschinengewehren im Anschlag aus und sicherten den Platz. Zeitgleich wurden die Zufahrtswege zum und aus dem Ort durch weitere Mannschaftswagen und gepanzerte Fahrzeuge versperrt.

Die Truppe wartete auf Widerstand. Aber nichts geschah. Wenige Minuten später öffneten sich viele Fenster. Vorwiegend ältere Frauen beugten sich heraus und wedelten mit weißen Tüchern – Tischdecken, Bettbezügen oder Handtüchern – als Zeichen des Verzichts auf Gegenwehr. Aus einigen Häusern traten langsam und zögerlich Männer in Zivil mit erhobenen Händen. Manche unter ihnen schienen ängstlich und nervös zu sein, andere lächelten – sie waren froh, dass der Krieg nun endlich beendet war. Alle Männer wurden nach versteckten Waffen durchsucht.

Nach und nach rückte nun der Rest des Regiments nach. Die beiden Colonels Caum und Schmidt kamen jeweils in einem eigenen Jeep. Als der Ort vollständig gesichert war, fuhren ihre Wagen bis zum Kirchplatz vor.

Zuvor hatte ein Offizier zwei Mitarbeiter der Gemeinde angewiesen, einige Plakate mit Anordnungen der Militärverwaltung an geeigneter Stelle und für jedermann sichtbar an der Rathauswand aufzuhängen. Wie zuvor Würzburg, Rimpar, Unterdürrbach und viele andere umliegenden Gemeinden auch, wurde nun Randersacker von den Amerikanern verwaltet.

Dem schriftlichen Aushang folgte die mündliche Bekanntgabe der Militärregierung. Colonel Schmidts Wunsch war es, die Proklamation selbst zu verkünden. Die Jeeps der beiden Kommandeure parkten nun mitten auf dem Kirchplatz nahe dem Rathaus. Rauchend wartete Schmidt eine halbe Stunde, bis sich etwa 100 Personen auf dem Platz versammelt hatten. Die Bürger Randersackers kamen teils aus Neugierde, teils wurden sie von durch die Straßen ziehenden Infanteristentrupps mit vorgehaltener Waffe gezwungen zu gehen.

Als der Platz voll war, griff sich Schmidt ein Megafon. Er wartete, bis es vollkommen ruhig war. Dann zog er ein Papier aus der Jackentasche und begann daraus vorzulesen:

*An das deutsche Volk und die Bürger der
Gemeinde Randersacker.*

*Ich, Colonel John Schmidt, gebe im Namen
von General Dwight D. Eisenhower, oberster
Befehlshaber der alliierten Streitkräfte, hiermit
Folgendes bekannt:*

*I. Wir kommen als ein siegreiches Heer, jedoch
nicht als Unterdrücker. In dem deutschen Gebiet,
das von Streitkräften unter meinem Oberbe-
fehl besetzt ist, werden wir den Nationalsozialismus und den deutschen Militarismus vernichten, die Herrschaft der Nationalsozialistischen
Deutschen Arbeiterpartei beseitigen, die NSDAP
auflösen sowie die grausamen, harten und unge-
rechten Rechtssätze und Einrichtungen, die von
der NSDAP geschaffen worden sind, aufheben.
Den deutschen Militarismus, der so oft den Frieden der Welt gestört hat, werden wir endgültig beseitigen. Führer der Wehrmacht und der
NSDAP, Mitglieder der Geheimen Staatspoli-
zei und andere Personen, die verdächtig sind,
Verbrechen und Grausamkeiten begangen zu
haben, werden gerichtlich angeklagt und, falls
für schuldig befunden, ihrer gerechten Bestra-
fung zugeführt.*

*II. Die höchste gesetzgebende, rechtsprechende
und vollziehende Machtbefugnis und Gewalt
in dem besetzten Gebiet ist in meiner Person als
oberster Befehlshaber der alliierten Streitkräfte
und als Militärgouverneur vereinigt. Die Mili-*

tärregierung ist eingesetzt, um diese Gewalten unter meinem Befehl auszuüben. Alle Personen in dem besetzten Gebiet haben unverzüglich und widerspruchslos alle Befehle und Veröffentlichungen der Militärregierung zu befolgen. Gerichte der Militärregierung werden eingesetzt, um Rechtsbrecher zu verurteilen. Widerstand gegen die alliierten Streitkräfte wird unnachsichtig gebrochen. Andere schwere strafbare Handlungen werden schärfstens geahndet.

III. Alle deutschen Gerichte, Unterrichts- und Erziehungsanstalten innerhalb des besetzten Gebietes werden bis auf Weiteres geschlossen. Die Wiederaufnahme der Tätigkeit der Straf- und Zivilgerichte und die Wiedereröffnung der Unterrichts- und Erziehungsanstalten wird genehmigt, sobald die Zustände es zulassen.

IV. Alle Beamten sind verpflichtet, bis auf Weiteres auf ihren Posten zu verbleiben und alle Befehle und Anordnungen der Militärregierung oder der alliierten Behörden zu befolgen und auszuführen. Dies gilt auch für die Beamten, Arbeiter und Angestellten sämtlicher öffentlicher und gemeinwirtschaftlicher Betriebe sowie für sonstige Personen, die notwendige Tätigkeiten verrichten.

Unterzeichnet von General Dwight D. Eisenhower, oberster Befehlshaber der alliierten Streitkräfte

Als Schmidt mit dem Text durch war, wartete er einen Moment.

Er sah viele fragende Gesichter. Obwohl er die Proklamation langsam und mit fester Stimme, fast ohne Akzent, vorgelesen hatte, hatte er das Gefühl, dass ihn die wenigsten der Anwesenden verstanden hatten. Für die Bevölkerung eines ländlichen Weindorfs schien die Tatsache, dass nun plötzlich, von einem Tag auf den anderen, die gängige Ordnung nicht mehr existierte, nicht nur fremd, sondern unvorstellbar zu sein.

Dann hob er erneut das Megafon hoch. »Sollten Sie mich nicht verstanden haben, hängt die Proklamation für jeden sichtbar an der Rathausmauer. Dort kann sie jeder noch mal lesen«, sagte er und zeigte mit dem Finger in Richtung Rathaus. »Bürger von Randersacker, seien Sie froh, dass der Krieg für Sie beendet ist. Ich gebe Ihnen den guten Rat, alle Waffen freiwillig abzugeben und keinerlei Widerstand zu leisten. Befolgen Sie unsere Anweisungen und unterschätzen Sie nicht die US-Army. Wenn Sie an unserem Willen, Nazideutschland zu besiegen, zweifeln, erkundigen Sie sich bei Freunden, Verwandten oder Bekannten im nahen Würzburg. Nach 5.000 Toten durch die Bombardierung der Stadt mussten weitere 3.500 Würzburger sterben, weil sie sich nicht ergeben wollten. Ist es das wert? Ist es das, was Sie wollen?«

Diese Worte schienen jetzt angekommen zu sein. Es wurde der Kopf geschüttelt und untereinander getuschelt.

Schmidt nickte nun. Ein weiteres Mal hielt er das Megafon vor seinen Mund: »Gibt es unter Ihnen eine Frau Ernestine Karrer?«, fragte er.

Verwirrung machte sich breit. Jeder sah sich um.

»Erni, der will was von dir«, sagte plötzlich ein Mann mit buschigem Schnurrbart in der vordersten Reihe und drehte sich zur Seite. Hinter ihm kam eine zierliche Frau mit auffällig roten Wangen und kurzen grauen Haaren zum Vorschein. Sie steckte die Hände tief in die Taschen einer blauen Haushaltsschürze und zog den Hals ein, um sich noch kleiner zu machen, als sie es schon war. »Ja?«, flüsterte sie zögerlich.

Schmidt legte das Megafon zur Seite und sprach die Frau nun direkt an. »Ernestine Karrer?«, fragte er erneut und winkte sie zu sich.

Langsam und unter den neugierigen Blicken aller Anwesenden näherte sie sich dem Colonel.

»Keine Angst«, sagte Schmidt leise zu ihr, als sie bibbernd und nervös vor ihm stand. »Ich werde Ihnen nichts tun. Ihr Name wurde mir nur genannt, da bei Ihnen eine Henriette wohnen soll. Ich kenne leider nicht ihren Nachnamen, aber diese Henriette war bis vor knapp drei Wochen in Würzburg. Ich muss sie unbedingt sprechen. Können Sie mir bitte helfen?«

»Die Henriette? Meine Cousine, Henriette Kerstan?«, fragte sie fast erleichtert nach.

Schmidt nickte.

Frau Karrer drehte sich um und winkte. »Henriette, kommst du mal?«, rief sie.

Henriette Kerstan trat hinter den breiten Schultern des Mannes mit dem buschigen Schnurrbart hervor. Sie trug wie Frau Karrer eine Haushaltsschürze, die ihr zu klein war. Ihre Strümpfe hatten Löcher, und die Jacke, die sie sich umgeworfen hatte, war geflickt. Und dennoch, obwohl sie schäbige Kleidung trug, strahlte sie Noblesse aus. Das Kinn reckte sie nach oben. Graue gepflegte Haare schmiegten sich um das ungeschminkte stolze Gesicht. Mit durchgestrecktem Rücken ging sie langsam auf den Colonel zu.

»Henriette?«, fragte Schmidt, als sie vor ihm stand.

»Henriette Kerstan, so ist es«, antwortete sie und streckte die rechte Hand aus.

Schmidt schüttelte ihr kurz und leicht verwirrt die Hand. »John Schmidt«, sagte er, griff Henriette am Ellbogen und führte sie in Richtung Rathaus. »Wenn Sie bitte mitkommen?«

Jetzt ging erneut ein Raunen und Tuscheln durch die Menge: Ein amerikanischer Offizier führte eine deutsche ältere Frau ab, die erst seit wenigen Tagen im Dorf war und die keiner so richtig kannte.

Zu zweit gingen sie in das leere Rathaus. Noch im Eingangsflur, gleich nachdem er die Tür geschlossen hatte, nahm Schmidt seinen Stahlhelm ab und wandte sich an Henriette.

»Ich ... ich ... ich bin hier, um Ihnen etwas mitzuteilen«, begann er zögerlich. »Es ... es geht um ... um Herrn Gänslein.«

»Um Walter?«, erwiderte Henriette überrascht. »Wegen Walter sind Sie hier? Und deswegen haben Sie Erni vorhin zu sich gerufen. Er hat sich gemerkt, wo ich nach seiner Verhaftung durch diese schrecklichen

Hitlerjungen hin wollte, und hat Ihnen das gesagt. So ist es doch, oder?«

Schmidt nickte.

»Und jetzt?«, fragte Henriette nach. »Wo ist Walter? Wie kommt es, dass Sie mir das sagen? Was ist passiert?«

Betreten sah Schmidt zu Boden und rieb sich mit Daumen und Zeigefinger der rechten Hand an der Nasenwurzel. »Es ist so viel geschehen die letzten drei Tage. Ich weiß gar nicht, wo und wie ich anfangen soll«, sagte er leise. Dann hob er den Kopf. Seine Augen glänzten feucht. Er schniefte kurz. Jetzt begann er mit fester Stimme zu reden: »Walter Gänslein ist mein leiblicher Vater. Wir waren uns unbekannt – mein ganzes Leben lang. Durch einen Zufall haben wir uns getroffen. Wir haben viel gesprochen, und er erzählte mir, dass Sie die Liebe seines Lebens sind. Er war fest davon überzeugt.« Schmidt stockte nun kurz.

Henriette sah ihn erwartungsvoll an. Aus ihren Augenwinkeln kullerten Tränen. »Das hat er gesagt?«

Schmidt nickte erneut, dann fuhr er fort. »Und ich habe ihm versprochen, dass ich ihn persönlich in einem Jeep der US-Army hierher, zu Ihnen nach Randersacker, bringe.«

»Ist Walter hier?«, fragte sie jetzt aufgeregt und begann zu lächeln. »Wartet er hier auf mich? Wo ist er?«

Dieses Mal schüttelte Schmidt den Kopf. »Nein, leider nicht. Mein Vater, Walter Gänslein, ist leider … ist leider … tot. Er wurde gestern Nachmittag von einem Hitlerjungen erschossen. Und ich … ich fühle mich verpflichtet, Ihnen diese Nachricht zu überbringen.«

Henriettes Lächeln verschwand schlagartig. Die Mundwinkel senkten sich, sie kniff die Augenbrauen zusammen und begann schnell zu atmen. »Walter ist tot? Erschossen?«, fragte sie mit tränenerstickter Stimme und suchte Halt an der rauen Wand.

Schmidt gab ihr keine Antwort. Stattdessen stützte er Henriette. Er umarmte sie und drückte sie an sich. So standen sie nun beide: eine ältere Frau aus Deutschland und ein amerikanischer Soldat, der sich nur wenige Augenblicke zuvor als Besatzer und Teil einer neuen Ordnungsmacht zu erkennen gegeben hatte. Aber es gab ein gemeinsames Schicksal, welches sie miteinander verband: der Verlust eines Menschen, mit dem sie zwar nur wenig Zeit verbringen durften, der beiden jedoch sehr wichtig war.

Nach einer Weile löste Schmidt die Umarmung. »Ich würde meinen Vater gerne heute noch in Würzburg beisetzen und ihm die letzte Ehre erweisen. Wenn Sie möchten, können Sie mich begleiten.«

Henriette wischte sich mit dem Handrücken die Tränen aus den Augen. »Ja, das möchte ich«, sagte sie mit kräftiger Stimme.

Etwa 30 Minuten später hielt Colonel Schmidt mit seinem Jeep vor einem einfachen Haus mit kleinem Garten am Rand der Ortschaft. Er brauchte nicht zu klingeln oder an die Tür zu klopfen. Kaum dass der Wagen zum Stillstand gekommen war, trat Henriette aus dem Haus. Sie trug das gleiche dunkelblaue Kostüm und die schwarze Pelzstola, die sie bei ihrem ersten Treffen mit

Gänslein getragen hatte. Mehr an tragbarer Kleidung hatte sie nicht, nachdem Herbert, der Hitlerjugend-Pimpf, ihre Reisetaschen in den Main geworfen hatte. Henriettes Lippen und Augen waren jetzt geschminkt. Die grauen Haare waren mit Haarklammern nach hinten gesteckt, sodass die ihr als einziger Schmuck gebliebenen Perlenohrstecker gut sichtbar waren.

Wortlos stieg Schmidt aus, ging um den Wagen und öffnete für Henriette die Beifahrertür.

Nachdem sie Platz genommen hatte, ging er zurück und startete den Motor.

»Danke, dass Sie mich mitnehmen, Colonel Schmidt«, sagte Henriette.

»Nennen Sie mich bitte John, ja?«, erwiderte Schmidt und fuhr los.

22

Sie erreichten den Würzburger Hauptfriedhof über den östlichen hinteren Zugang. Vier Wachsoldaten aus seinem Regiment hatten Schmidt bereits erwartet. Diese sollten den Platz um das Grab für die Sicherheit ihres Colonels freihalten. Alles war zur vereinbarten Uhrzeit vorbereitet: ein Pfarrer für das Begräbnis und zwei Friedhofsangestellte, die anschließend das Grab zuschaufeln sollten. Als Lohn sollten sowohl Pfarrer als auch die beiden Totengräber jeweils eine Schachtel amerikanische Zigaretten erhalten.

Für eine Totenmesse mit anschließender Prozession waren weder Zeit noch Situation passend. Schmidt wollte sich für die Beisetzung seines Vaters auf das Wesentliche beschränken: ein schmuckloser Sarg, ein hölzernes Kreuz, außer Henriette und den abkommandierten Wachsoldaten keine Trauergemeinde. Mehr konnte er nicht bieten. Er war froh, dass er überhaupt Zugang zu einem einzelnen Grab und einen Pfarrer gefunden hatte. In diesen Tagen nach der Bombardierung mit Tausenden von Opfern wurden die Toten in Massengräbern beigesetzt. Zumindest das wollte Schmidt seinem Vater ersparen.

Zwei der Soldaten gingen mit ihren Maschinengewehren im Anschlag voraus, die beiden anderen sicherten den Rücken ihres Kommandanten und seiner Begleitung. Auch wenn schon seit den frühen Morgenstunden im gesamten Würzburger Stadtgebiet kein Schuss mehr gefallen war, so war dennoch Vorsicht geboten. Hier am Friedhof, auf offenem Gebiet, hätte ein Offizier des Regiments für einen versteckten Scharfschützen ein lohnendes Ziel abgegeben.

Henriette hakte sich bei Schmidt ein, als sie vor dem offenen Grab standen und auf den Sarg blickten.

Der Pfarrer begrüßte beide mit einem schüchternen Nicken. Dann räusperte er sich einmal und begann zu sprechen: »Herr über Leben und Tod, du hast unseren Glaubensbruder, Walter Gänslein, zu dir gerufen. Wir bitten dich: Komm ihm mit deiner Liebe entgegen und nimm alle Schuld von ihm. Gib ihm den Frieden, den die Welt nicht geben kann. In der Gemeinschaft der Heiligen schenke ihm Auferstehung zum ewigen Leben. Durch Jesus Christus, unseren Herrn.«

»Amen!«, ergänzten Schmidt und Henriette.

Der Pfarrer besprengte den Sarg mit Weihwasser und zeichnete mit seiner Hand das Kreuz über dem Grab.

Jetzt durften Schmidt und Henriette einzeln vortreten und mit einer kleinen Schaufel, die in einem Erdhaufen am Rande des Grabes steckte, etwas Erde auf den Sarg werfen. War sie zuvor noch gefasst gewesen, begann Henriette nun zu weinen. Schmidt legte sanft seine Hand auf ihre Schulter und zog sie wieder einen Schritt zurück.

Es folgte schließlich ein gemeinsames Vaterunser aller Anwesenden. Nach wenigen Minuten war die Bestattung zu Ende.

Einer der Totengräber überreichte Schmidt noch eine Armbanduhr und zwei Paar Manschettenknöpfe. »Das ist alles, was wir bei ihm gefunden haben«, sagte dieser.

»Danke«, erwiderte Schmidt und steckte die letzten Habseligkeiten seines Vaters in die Jackentasche.

Ein Wachsoldat verteilte die Zigarettenschachteln, dann gingen sie gemeinsam schweigend zu dem parkenden Jeep zurück.

»Und nun?«, fragte Schmidt Henriette, als sie vor dem Auto standen. »Soll ich Sie zurück nach Randersacker fahren?«

Henriette starrte kurz ins Nichts und atmete tief ein und aus. »Ich würde gerne noch ein paar Minuten mit Ihnen verbringen«, antwortete sie schließlich zaghaft. »Ihr Gesicht und Ihre Stimme erinnern mich so sehr an Walter. Wenn es Ihnen nichts ausmacht? Nur eine halbe Stunde?«

»Sehr gerne, selbstverständlich«, erwiderte Schmidt. »Sollen wir etwas spazieren gehen?«

»Das wäre schön«, sagte Henriette. »Aber nicht hier. Ich wäre gerne irgendwo, wo die Luft nicht nach Tod und Verzweiflung riecht. Wo nicht nur Ruinen, Schutt und Staub sind.«

Schmidt nickte. »Ich glaube, dass es nicht weit weg von hier den Ort gibt, den Sie sich wünschen. Steigen Sie ein. In zehn Minuten sind wir dort.«

Der Colonel steuerte den Jeep auf kürzestem Weg an den Main. Er musste schmunzeln, als er das Regenbogenlogo mit den Worten *42nd Infantry Rainbow-Division* auf der Mauer unterhalb der Marienfestung sah. Roseman und seine Propagandatruppe hatten ganze Arbeit geleistet. Aus *Heil Hitler* einen Regenbogen machen – ein gutes Zeichen für den Neuanfang, dachte er sich. Dann fuhren sie über die Behelfsbrücke. Er bog rechts und dann gleich wieder links ab. Die kurze Nikolausstraße fuhr er bis zu deren Ende hoch. Dort parkte er den Wagen – am Beginn des Kreuzwegs zum Käppele.

»Ich hoffe, dass Sie gut zu Fuß sind und auch die passenden Schuhe für den Weg nach oben haben«, begann jetzt Schmidt.

Henriette blickte kurz auf ihre Füße und dann die Stufen des Kreuzwegs hoch bis zum Käppele. »Das schaffe ich, machen Sie sich da mal keine Sorgen.«

So passierten sie die 14 nachgebildeten Stationen der Kreuzigung Christi – exakt drei Wochen, nachdem Gänslein den gleichen Weg bestritten hatte, um hinter dem Käppele Dackel Ricco zu beerdigen.

Henriette hielt zwischendurch immer wieder an. Zum einen wollte sie die Statuen in den einzelnen Pavillons betrachten, zum anderen musste sie einfach etwas durchatmen. Der Weg war für sie doch anstrengender, als sie es am Anfang gedacht hatte. »Glauben Sie eigentlich an Gott, Colonel?«, fragte sie schwer atmend Schmidt, als sie vor der Statuen-Gruppe stand, in der Jesus schmerzerfüllt unter seinem Kreuz lag und zwei römische Legionäre mit Speeren auf ihn einstachen.

»Bitte John, nicht Colonel, ja? Ich darf doch auch Henriette sagen, oder? Lassen wir es beim Du, einverstanden?«, erwiderte Schmidt.

Henriette nickte etwas verlegen.

Schmidt lächelte. »Und nun zu deiner Frage. Selbstverständlich glaube ich an Gott. Du etwa nicht?«

»Wenn ich daran denke, was die letzten Jahre passiert ist, habe ich da meine Zweifel. Es sind so viele Menschen ungerechtfertigt gestorben. Kann das Gottes Wille sein? Ich denke, nein. Ein gerechter Gott würde die Dinge anders regeln.«

Schmidt hob die Schultern. »Ich weiß nicht, vielleicht will uns Gott prüfen. Ich bin kein Pfarrer, aber möglicherweise helfen uns Katastrophen, wie dieser Krieg eine ist. Wir sehen es doch gerade hier, auf diesem Kreuzweg. So wie Jesus bei seiner Kreuzigung leiden musste, sollen vielleicht auch wir Tod und Qualen erleiden, um uns auf das Gute und Gerechte in uns zu besinnen.«

»So viel Tod und Zerstörung? Nein, das kann nicht Gottes Wille sein. Sieh dir diese wunderschöne Rokoko-Kirche dort oben an, John. Die einzige unbeschädigte Kirche in ganz Würzburg. Möchte ein Gott seine eigenen Häuser in Schutt und Asche zerfallen sehen?«

»Ich weiß es nicht. Ich bin, wie gesagt, kein Pfarrer, ich bin Soldat«, antwortete Schmidt zögerlich. »Das sind komplexe Diskussionen, Henriette. Lass uns lieber die paar Stufen hochgehen und über andere Dinge reden.«

»Du hast recht«, erwiderte sie lächelnd und ging weiter.

»Was passiert nun eigentlich mit dir?«, fragte Schmidt, während sie die Stufen hochstiegen.

»Ich werde noch ein paar Tage bei Erni bleiben und dann nach Frankfurt zurückfahren, soweit das möglich ist«, antwortete Henriette etwas atemlos.

»Und deine Kinder und Enkelkinder?«

»Mein Sohn ist vor zwei Jahren während des Russlandfeldzugs gefallen – ein weiteres Opfer dieses schrecklichen Krieges. Seine Witwe und meine drei Enkelkinder werden meine Hilfe benötigen. Und dann habe ich noch eine Tochter, die mit ihrem Sohn im Taunus lebt. Ihr Mann, mein Schwiegersohn, wurde mit seiner Einheit nach Berlin abkommandiert. Ich hoffe, dass wenigstens er unversehrt zu Frau und Kind zurückkehren wird.«

»Zu viele Verluste, zu viele Familien, die auseinandergerissen wurden«, sagte Schmidt nachdenklich.

»Und was sind deine Pläne, John?«, fragte Henriette.

»Zunächst lebendig und möglichst unverletzt diesen Krieg zu überstehen«, erwiderte er grinsend. »Was dann kommt, weiß ich noch nicht. Nach so vielen Jahren Dienst in der Army kann ich dann mit meiner Frau als Rentner ins warme Florida ziehen und anfangen, Golf zu spielen. Vielleicht bleibe ich aber auch noch eine Weile hier und helfe mit, ein neues und besseres Deutschland aufzubauen. Ganz so alt bin ich ja noch nicht. Wenn es dich interessiert, werde ich dir schreiben, sobald ich mehr weiß.«

»Das wäre wunderschön, John. Mach das bitte unbedingt. Sobald ich Zettel und Stift habe, werde ich dir meine Adresse geben.«

»Na, habe ich dir zu viel versprochen?«, sagte Schmidt, als sie beide das Ende des Kreuzwegs erreicht hatten und vor dem Käppele standen. Er atmete tief durch die Nase ein und aus. »Luft, die nach Wald riecht und nicht nach Staub und Trümmern.«

Henriette sah sich um. »Du hattest recht, es ist sehr schön hier oben. Eine herrliche Kirche mit fantastischem Blick auf den Main und auf Würzburg.« Langsam ging sie zu der Mauer, die den Platz um das Käppele begrenzte. So wie Gänslein vor drei Wochen und Schmidt und Roseman vor drei Tagen, sah auch sie hinab auf die zerstörte Stadt. »Wie schön es hier vor der Bombardierung gewesen sein muss. Würzburg wird nie wieder so sein, wie es einmal war«, flüsterte sie vor sich hin.

Schmidt trat zu ihr. Er griff sie an der Schulter und drehte sie sanft zu sich. »Blick nicht zurück, Henriette, schau nach vorne«, sagte er und stellte sich so neben sie, dass sie sich nun beide an der Mauer anlehnten und die Kirche vor ihnen und den Wald dahinter sahen. Dann holte er seine Zigarettenschachtel aus der Tasche. Er steckte sich eine Zigarette in den Mund und bot Henriette ebenfalls eine an.

»Danke, aber ich rauche nicht«, erwiderte sie. »Im Gegensatz zu fast allen anderen Menschen, die ich kenne, habe ich mir nie etwas aus Zigaretten gemacht.«

»Da bist du genauso wie mein Vater«, sagte Schmidt und zündete sich seine Zigarette an. »Laut eigener Aussage hat er nie geraucht – nicht mal probieren wollte er es.«

»Eine weitere Gemeinsamkeit zwischen uns beiden«, sagte Henriette und atmete tief durch. Nachdenklich blickte sie auf die schmucke Rokoko-Kirche vor ihr. »Ist es nicht seltsam?«, fuhr sie schließlich fort. »Da führt man über viele Jahrzehnte ein normales Leben. Man heiratet, gründet eine Familie, lebt mehr recht als schlecht mit allen Höhen und Tiefen, die das Leben so mit sich bringt. Und dann? Plötzlich und absolut unerwartet trifft man die Liebe seines Lebens. Und mehr noch: Diese Liebe beruht auf Gegenseitigkeit.«

»Was soll ich da sagen? Mit fast 50 kämpfe ich als Soldat in einem fremden Land und begegne zufällig meinem Vater, den ich bisher nicht kannte«, erwiderte Schmidt und nahm einen weiteren Zug von seiner Zigarette. »Wenn Sergeant Roseman Walter nicht verhört hätte, wären wir uns nie begegnet. Hätte ich ohne diesen Krieg Deutschland, geschweige denn Würzburg, jemals besucht? Ich glaube nicht. Vielleicht liegt es an den seltsamen Zeiten, in denen wir leben. Verrückte Zeiten bringen merkwürdige Geschichten mit sich.«

»Ereignisse, die sich tatsächlich ereignen, sind oft unglaubwürdiger als ausgedachte Begebenheiten«, ergänzte Henriette. »Und unsere beiden Geschichten sind wahr, auch wenn sie noch so unglaublich erscheinen.«

»So ist es. Wahr, aber leider nur von kurzer Dauer – für uns beide weniger als 24 Stunden. Und dennoch werden wir uns immer an Walter Gänslein erinnern. Du genauso wie ich. Er wird uns bleiben. Da bin ich mir sicher.«

Henriette blickte nachdenklich auf den Boden, bevor sie weitersprach. »Ja, Walter wird uns bleiben, aber nur als Illusion. Ich denke jeden Tag an ihn, ich sehe ihn täglich vor mir, ich rede manchmal sogar mit ihm. Seit dieser einen Nacht in dem zerbombten Hotel ist Walter mein ständiger Begleiter, aber Realität ist er nicht mehr. Er wird nie wieder zurückkehren. Er ist zur Utopie geworden. Und das macht mich traurig.«

Schmidt sah Henriette lange an. »Du wirst ihn weiter lieben, oder? Und das, obwohl ihr nur einen kurzen Tag in eurem langen Leben miteinander verbracht habt.«

Sie nickte und rieb sich mit dem linken Zeigefinger die Tränen aus den Augenwinkeln. »Ja, das tue ich«, flüsterte sie. »Ich werde ihn weiter lieben. So lange, bis ich wie Walter jetzt dort unten am Würzburger Friedhof selbst in einem Sarg liege.«

»Traurig, aber dennoch schön«, seufzte Schmidt. Dann nahm er einen letzten tiefen Zug von der Zigarette, bevor er sie auf dem Boden austrat. »Komm, lass uns wieder zurückgehen«, sagte er schließlich. »Ich fahre dich nach Randersacker. Dann muss ich weiter zu meinem Regiment. Man wartet dort auf mich. Solange dieser Verrückte in Berlin die gesamte Welt tyrannisiert, habe ich noch eine Aufgabe zu erledigen.«

»Du schreibst mir aber, ja?«, fragte Henriette.

»Das werde ich, ganz sicher«, antwortete Schmidt und lächelte sie an. »Schließlich sind wir ja jetzt auch eine Familie, oder?«

»Danke, John!«, erwiderte Henriette und ging voraus.

ENDE

ANMERKUNGEN DES AUTORS

Es ist jedes Jahr das gleiche Ritual. Am 16. März, von 21.20 bis 21.40 Uhr, läuten alle Glocken Würzburgs, um an die verheerende Bombardierung des Jahres 1945 zu erinnern. Die Folgen der Zerstörung sind in der Stadt immer noch präsent. Es gibt zwar keine Ruinen mehr. Wie in vielen anderen deutschen Städten auch, sind jedoch die meisten der historischen Häuser nicht wieder aufgebaut worden. Sie mussten eher schmucklosen, aber praktischen Bauten im Stil der Nachkriegszeit Platz machen. Wie sagte es so treffend ein Besucher, den ich kürzlich durch die Stadt führte: »Es gibt hier viele schmucke Häuser, aber keine einzige durchgehend schöne Straße.«

Würzburg ist zwar immer noch schön. Bild- und Videodokumente zeigen jedoch auch, wie prächtig die Stadt vor der Bombardierung 1945 gewesen sein muss.

Somit bin ich schon beim Recherchematerial für dieses Buch. Videos und Fotos dokumentieren nämlich ebenso das Ausmaß der Zerstörung. Es gibt sogar Farbfilme der US-Army, die nach der Einnahme der Stadt angefertigt wurden. Roland Flade hat diese sehr schön zusammengestellt, kommentiert und auf seinem *Youtube*-Kanal präsentiert (https://www.youtube.com/@rolandflade).

Entdeckt wurden die Filme übrigens durch meinen Bruder, den Journalisten und Historiker Stefan Meining, im Amerikanischen Nationalarchiv in Washington.

Nun ist, wie bereits erwähnt, die Bombardierung fest im kollektiven Gedächtnis Würzburgs verankert. Weit weniger bekannt ist jedoch das, was nur gut zwei Wochen nach dem Luftangriff folgte: die viertägige Schlacht in den Ruinen einer zerstörten Stadt, hervorgerufen durch ein fanatisches Regime, das mit allen Mitteln die letzten Kräfte mobilisierte, um die schon feststehende Niederlage zu verzögern. Kinder und Greise, ohne Waffen und schlecht ausgebildet, zogen gegen eine haushoch überlegene US-Army in die Schlacht. Beim Schreiben dieser Geschichte versuchte ich mir vorzustellen, welch sinnloser Kampf sich in den Straßen, durch die ich jeden Tag laufe oder mit dem Fahrrad fahre, abgespielt haben muss. Das gedankliche Grundgerüst dieses Romans war somit gegeben.

Der im Buch geschilderte Ablauf der Kämpfe ist übrigens weitgehend dokumentiert und wurde von mir auch so übernommen. Als unschätzbare Quelle zur Recherche diente hier ein 1946 erschienenes Buch der US-Army, welches auch online frei verfügbar ist (Daly, Hugh C. and United States Army, »42nd *Rainbow* Infantry Division: a combat history of World War II« (1946). World War Regimental Histories. 64. http://digicom.bpl.lib.me.us/ww_reg_his/64).

Ebenfalls sehr hilfreich waren die beiden 2008 und 2009 im *Main-Post-Verlag* erschienenen Bücher von

Roland Flade mit Augenzeugenberichten zu den geschilderten Ereignissen (»Hoffnung, die aus Trümmern wuchs« und »Zukunft, die aus Trümmern wuchs«).

Historisch nicht belegt und frei erfunden sind dagegen die Hauptakteure Walter Gänslein, Colonel John Schmidt, Henriette Kerstan, Hauptmann von Koschwitz und Sergeant Rob Roseman. Wie auch in meinen anderen bisherigen Büchern mag ich es, Fiktion mit realen Ereignissen zu vermischen.

Neben Bombardierung, Krieg und einer fiktiven Vater-Sohn-Geschichte war es mir ein Bedürfnis, die Liebesgeschichte zwischen Gänslein und Henriette zu erzählen – auch wenn diese nur sehr kurz ist und am Rande spielt. Wo liest man sonst über eine Liebesgeschichte zwischen einer Frau mit knapp 70 und einem Mann mit 75? Aber kann es nicht auch Gefühle im hohen Alter geben? Ich denke schon, warum nicht? Menschen finden zueinander, egal wie alt sie sind. Auch oder vielleicht sogar, weil die Welt um sie herum in Trümmern liegt. Diesen Aspekt fand ich reizvoll. Dass die Geschichte nun traurig ausging, ließ sich leider nicht verhindern.

Somit bin ich am Ende angekommen.

Ich möchte es jedoch nicht versäumen, mich bei den folgenden Personen zu bedanken (in alphabetischer Reihenfolge): Claudia, Diana, Eva, Florian, Günter, Helmuth, Hermine, Jan, Stefan, Roland, Walter.

Bei Ihnen, werte Leserin, werter Leser, bedanke ich mich ebenfalls und hoffe, dass Sie es nicht bereut haben, dieses Buch gekauft zu haben.

Würzburg 2024

Alexander Meining

Weitere Titel finden Sie auf den
folgenden Seiten und im Internet:

WWW.GMEINER-VERLAG.DE

Alle Bücher von Alexander Meining:

Assessor Georg Hiebler ermittelt:
1. Fall: Mord im Ringpark
ISBN 978-3-8392-0284-5

2. Fall: Würzburger Dynamit
ISBN 978-3-8392-0520-4

3. Fall: Die Käppele Verschwörung
ISBN 978-3-8392-0684-3

Der alte Mann vom Main
ISBN 978-3-8392-0759-8

GMEINER SPANNUNG

WWW.GMEINER-VERLAG.DE
Wir machen's spannend

Rebecca Abe
Im Labyrinth der Fugger
Historischer Roman
480 Seiten, 12,5 x 20,5 cm,
Broschur
ISBN 978-3-8392-0787-1

Augsburg, Ende des 16. Jahrhunderts. Nach dem Tod
des mächtigen Anton Fugger wird dessen Millionen-
vermögen gleichmäßig auf alle Nachkommen verteilt.
Christoph Fugger, ein Egoist und Frauenfeind, will
die Kinder seines Bruders Georg Fugger ins Kloster
bringen lassen, um die Zahl der Erben zu dezimieren.
Dazu verbündet er sich mit dem Jesuiten Petrus Ca-
nisius. Nur Georg Fuggers Tochter Anna ahnt, welch
perfides Spiel der Augsburger Domprediger treibt ...

GMEINER SPANNUNG

WWW.GMEINER-VERLAG.DE
Wir machen's spannend